BEREITS ERSCHIENEN:

Band 1: Das Gold der Walfänger
Band 2: Die Spur der Schmuggler
Band 3: Diebstahl am Deich
Band 4: Die Legende vom versunkenen Schiff
Band 5: Giftalarm am Strand

OCKE BANDIXEN

DIE KÜSTENCREW

DAS GOLD DER WALFÄNGER

Mit Illustrationen von Nathalie Kranich

Band 1

Loewe

Ocke Bandixen erzählt Geschichten, seit er denken kann. Geboren und aufgewachsen ist er direkt an der Nordseeküste, in einer kleinen Stadt in Nordfriesland. Inzwischen lebt er aber – dicht beim Elbstrand – mit seiner großen Familie in Hamburg. Und wenn er nicht gerade Bücher schreibt, dann arbeitet er als Journalist beim Radio.

Nathalie Kranich ist eine in Deutschland geborene Kinderbuchillustratorin. Mit 16 Jahren stieg sie in einen Zug und fuhr nach Großbritannien. Dort lebt und arbeitet sie seitdem nahe der Küste. Nathalies Arbeit ist von all den Märchen und Geschichten inspiriert, mit denen sie aufgewachsen ist. Nun erweckt sie mit ihren bunten Farben die verschiedensten Geschichten zum Leben.

FSC
www.fsc.org
MIX
Papier | Fördert gute Waldnutzung
FSC® C015559

ISBN 978-3-7432-1126-1
3. Auflage 2026

Umschlag- und Innenillustrationen: Nathalie Kranich
Umschlaggestaltung: Johanna Mühlbauer
Redaktion: Iris Müller

Druck und Bindung: Drukarnia Interak Sp. z o.o.,
Grzępy 50, 64-700 Czarnków, POLEN
produktsicherheit@loewe-verlag.de

www.loewe-verlag.de

Inhalt

Ermittle mit der Küstencrew!

Dieses Abenteuer ist ein ganz besonderes und du bist ein wichtiger Teil davon: Gemeinsam mit den Mitgliedern der Küstencrew Jan, Nele und Rocco löst du spannende Fälle an der Nordseeküste. Ihr werdet auf geheimnisvolle Legenden stoßen, rasante Verfolgungsjagden unternehmen und gemeinsam versuchen, fiesen Typen das Handwerk zu legen.

Und so funktioniert's:

Am Ende jedes Kapitels findest du eine Rätselfrage und auf der rechten Seite ein großes Suchbild. Halte nach diesem Fernglas-Symbol Ausschau, um kein Rätsel zu verpassen.

Wenn du der Geschichte aufmerksam gefolgt bist und das Bild ganz genau angesehen hast, kannst du die Frage in den meisten Fällen gleich beantworten und so der Küstencrew rasch weiterhelfen.

◆ ◆ ◆

Falls du doch mal bei einem besonders kniffligen Rätsel feststecken solltest, lohnt sich ein Blick in die Hinweise am Ende des Buches. Sie beginnen auf Seite 186.

◆ ◆ ◆

Jedes Rätsel wird mit deiner Hilfe am Anfang des nachfolgenden Kapitels aufgelöst.

◆ ◆ ◆

Tipp: Neben deiner scharfen Beobachtungsgabe kann dir bei manchen Rätseln ein kleiner Spiegel helfen!

Auf ins Abenteuer –
die Küstencrew zählt auf dich!

KAPITEL 1

Aye, aye, Käpt'n!

Der Wind wehte von vorne, der Regen kam quer. Jan Boysen musste vom Fahrrad absteigen und schieben. Zumindest bis er wieder hinter dem Deich war. Die Luft schmeckte salzig, auf den Wellen tanzten Schaumkronen. Die Möwen kreisten in der Luft, sie warteten sicher auf die Fischkutter, die gleich einlaufen würden.

In der Hafenstraße war noch nicht viel los. Die erste Fähre ging erst in zwei Stunden.

Jan war früh unterwegs, um nach den Reusen zu sehen. Er hatte sie an einer versteckten Stelle hinter dem Anleger festgemacht. Da, wo die Kaimauer nicht so hoch war. Ob heute Fische drin waren oder wieder nur Krebse? Oma nannte sie immer „Knieper", wegen ihrer Zangen, mit denen sie „kniepen", also kneifen, konnten.

Jan zog den Netzkorb an dem dicken Seil hinauf. „Guten Morgen“, lachte er und ließ die beiden Krebse frei, die schnell wieder Richtung Wasser verschwanden.

Bevor er losgefahren war, hatte Mama ihn ermahnt: „Aber vor Schulbeginn bist du zurück!“ Sie hatte noch ganz verschlafen ausgesehen, als Papa den ersten Kaffee machte.

„Klar.“ Jan war immer pünktlich.

Und auch heute lag er gut in der Zeit, als er sein Rad den Deich hinaufschob. Plötzlich sah Jan etwas. Was war denn das dort auf der anderen Seite? Nein: *Wer* war das?

„Rocco!“, rief Jan. Der Wind blies stark oben auf der Deichkrone. Jan stemmte sich dagegen, stieg auf sein Rad und ließ sich hinunter zu seinem besten Freund rollen.

„Wie siehst du denn aus?“, fragte Jan erstaunt.

Rocco Asmussen trug Gummistiefel, eine Öljacke und einen Südwester auf dem Kopf. Er wischte sich die langen dunklen Haare aus der Stirn, grinste und blickte sich schnell um. Anscheinend wollte er nicht, dass ihn jemand in dieser Aufmachung sah!

„Opa will Fotos für neue Postkarten machen. Die sollen aber wie alte, antike Karten aussehen, deshalb die Verkleidung. Die Wolkenstimmung ist gerade gut dafür, sagt Opa.“ Rocco zuckte mit den Achseln.

„Postkarten mit dir drauf?“ Jan lachte und auch Rocco begann zu kichern.

„Hmm“, nickte er, was im Norden fast immer so viel wie „Ja“ bedeutete. „Ich bin aber nur von hinten zu sehen. Zum Beispiel am alten Holzboot.“ Rocco zeigte mit einem Stab hinüber zur Deichkrone.

„Ist das eine Walharpune?“

„Hmm. Ist noch von Opas Opa, sagt er. Aber ich glaube ihm das nicht.“ Rocco grinste wieder. Und Jan wusste, warum. Roccos Opa war ganz groß darin, Seemannsgarn zu spinnen.

„Aber wir müssen doch gleich zur Schule!“

„Bis dahin sind wir fertig, meint Opa.“

Jan setzte sich in den Sattel. Es war Zeit, nach Hause zu fahren, wenn er noch frühstücken wollte.

„Dann viele Grüße an Opa Hannes!“

„Aye, aye, Käpt’n!“, rief Rocco.

Die Schule zog sich heute wie Kaugummi. Bei Herrn Gunnarson in Erdkunde sprachen sie gerade über Amerika. Ein Land zu entdecken, das könnte ihm auch gefallen, überlegte Jan. Rocco neben ihm war eingenickt. Er ging häufig spät ins Bett. Bei Rocco war eben alles ein bisschen anders. Den schickte keiner so richtig ins Bett. Er lebte mit seinem Opa und seinem Vater zusammen, der abends arbeiten musste.

Jan stieß seinen Freund mit dem Ellbogen an. Rocco wachte nicht auf.

Das sollte ihm mal passieren, dachte Jan. So spät ins Bett gehen, wie er wollte! Das war nicht drin bei Mama und Papa. Seine Schwester Gini durfte das auch nicht, klar, sie war ja auch ein Jahr jünger als er. Aber Mona ebenso nicht, und die war schon fast vierzehn.

Rocco schnarchte ein bisschen. Schluss jetzt!, dachte Jan. Rocco würde Riesenärger bekommen, wenn der Gunnarson das merkte. Jan stieß ihn noch mal an, stärker diesmal. O nein! Roccos Hand, auf der er seinen Kopf abgestützt hatte, rutschte weg. Und dann rutschte der ganze Rocco hinterher.

Zack! Er fiel vom Stuhl auf den Boden.

„Rocco!" Herr Gunnarson unterbrach seine Rede über die amerikanischen Ureinwohner.

„Aua." Rocco rappelte sich hoch und grinste Jan an. Er hatte sich gar nicht wehgetan. „Entschuldigung."

„Du störst den Unterricht. Und ich darf dich vielleicht daran erinnern, dass dies nicht zum ersten Mal vorgekommen ist." Herr Gunnarson schob seinen Zeigestock zusammen. Er sah aus wie die Radioantenne an Omas Küchenradio, dachte Jan. „Ich werde deine Eltern darüber in Kenntnis setzen."

Jan wusste schon: Man durfte Herrn Gunnarson nicht reizen, sonst konnte er ungemütlich werden. Daher sagte man jetzt besser nichts.

Rocco meldete sich. „Kann ich mich denn jetzt wieder ...?"
Jan schüttelte den Kopf. Sein Freund konnte es nicht lassen!

„Wie bitte?", fragte Herr Gunnarson irritiert.

„Na, mich setzen?"

Die ganze Klasse prustete los. Als das Gelächter verebbte, hatte Herr Gunnarson bereits etwas ins Klassenbuch geschrieben. Alle ahnten schon, was: Einen weiteren Tadel! Rocco hatte bereits zwei, bei dreien flog man von der Schule, wurde gemunkelt.

„Herr Gunnarson?" Es war Nele, die den Arm hob und mit den Fingern schnipste. Sie wohnte schräg gegenüber von Jan, ihre Eltern betrieben die Bäckerei, die berühmt war für ihre Friesenkekse nach altem Rezept.

„Ja, Nele?"

„Es war meine Schuld. Rocco wollte etwas für mich aufheben." Sie hielt einen Bleistift hoch.

Jan blieb die Spucke weg, er blickte von Rocco zu Nele und wieder zurück.

„Vielen Dank, Nele, ich schreibe dich hier gleich mal dazu", knurrte Herr Gunnarson. Er war vor Zorn ganz rot angelaufen. „In der nächsten Stunde möchte ich einen Vortrag von euch beiden hören. Und zwar über dieses Thema." Herr Gunnarson hängte ein Plakat an die Tafel.

„Aber da sind ja nur Striche drauf", stellte Rocco fest.

„Ein Rätsel. Das zu lösen ist schon Teil der Aufgabe."

Und dann klingelte es.

Herr Gunnarson nahm seine Tasche und ging.

Rocco stand auf. „Danke, Nele. Aber jetzt hast du leider auch Ärger."

„Aber du hast mich vorhin die Hausaufgaben abschreiben lassen." Nele lachte kurz. „Also sind wir quitt. Und es war bestimmt nur eine Rüge, kein Tadel. Das ist nicht so schlimm."

Jan zeigte auf das Plakat an der Tafel.

Rocco sah Jan verwirrt an. „Was soll das für ein Thema sein? Ich sehe nur eine Menge komischer Striche!"

Sie versammelten sich vor der Tafel und grübelten.

„Ich glaube, ich weiß es schon. Was bekomme ich von euch, wenn ich es verrate?" Jan grinste.

„Gar nichts. Denn ich weiß es auch." Nele lächelte triumphierend und machte mit dem Handy ein Bild vom Rätsel.

Wie lautete das Thema für Roccos und Neles Vortrag? Findest du es heraus?

MARK
Rocco
Nele
TEAM
Geschichte
MARCO
POLO
1254 -1324

KAPITEL 2

Die geheimnisvolle Kiste

„Kolumbus. Das ist also unser Thema!“ Rocco nickte zufrieden. „Jetzt habe ich das Rätsel auch gelöst.“

„Ich glaube, das war schon ein großer Teil der Aufgabe.“ Jan grinste. „Wie gut, dass Nele so schnell draufgekommen ist.“

Nele nahm lächelnd ihren Schulrucksack. „Also, Rocco. Jetzt bist du dran mit dem Vortrag“, meinte sie und ging zu ihren Freundinnen Hanna und Naemy hinüber.

Rocco nickte.

Am frühen Nachmittag klappte Jan sein Matheheft zu. „Ich geh rüber zu Rocco!“, rief er in den Flur.

„Halt, junger Mann!“ Seine Mutter rückte sich die Halskette

zurecht. Sie würde gleich wieder nach vorne in den Laden gehen. „Zum Abendbrot bist du wieder da. Wir essen um sechs.“

„Wie immer, Mama.“

„Wie immer, Jan. Und wenn Rocco mitessen möchte, kann er gern kommen. Aber danach ist Schluss.“ Mama prüfte ihr Aussehen noch einmal schnell im Bullaugen-Spiegel. Unten baumelte noch das Preisschild daran. So sahen hier viele Sachen aus, denn Jans Familie besaß einen Andenkenladen: ANTIKES BEI BOYSEN – MARITIME SOUVENIRS. Schon seine Großeltern mütterlicherseits hatten den Laden geführt.

„Das erste Haus an der Hafenstraße!“, sagte Oma Ilsemarie immer mit Stolz in der Stimme. Es stimmte, und abgesehen davon war es auch das einzige auf der Deichseite. Schräg gegenüber lag die Bäckerei von Neles Eltern.

Die Straße führte Richtung Ortsmitte, der Turm des Rathauses war weithin zu sehen. Rund um den Marktplatz drängten sich mehrere kleine Läden. „Aber keiner hat eine so gute Lage wie unser Geschäft, was die Touristen angeht“, betonte Jans Oma stets.

„Klar, Mama. Ich bin rechtzeitig zum Abendbrot wieder da. Mit Rocco oder ohne“, versicherte Jan.

„Dann saus mal ab!“ Mama lächelte ihm hinterher, während Jan sich Mütze und Jacke griff und losrannte.

Schnell in die Klabauterbude!

Die Klabauterbude lag über der Werkstatt von Roccos Opa. Sie war ein halber offener Dachboden, den man nur über eine dunkle Holzleiter erreichen konnte. Opa Hannes hatte sie seitlich an der Wand festgeschraubt. „Nicht, dass die Besatzung mal nicht mehr aus der Takelage kommt, weil die Leiter weg ist!", pflegte er zu sagen. Ihren Namen verdankte die Klabauterbude ebenfalls Opa Hannes.

Meistens lief unten in der Werkstatt das Radio und die großen Türen waren bei gutem Wetter immer weit geöffnet.

Auch heute. Der Wind blies herein und die Sonne ließ den Staub in der Luft glitzern.

„Moin", sagte Jan und trat in die Werkstatt.

„Moin, min Jung. Rocco ist schon oben", grüßte Opa Hannes.

In der Werkstatt schnitzte und schliff, schraubte und drechselte Roccos Opa, den alle nur „den grooten Hannes" nannten, weil er so groß war. Er fabrizierte alles, was Touristen gerne kauften: Schlüsselanhänger aus Muscheln, Kerzenständer aus Treibholz und Buddelschiffe. Er verschönerte Strandgut oder reparierte altes Zeug, das ihm die Leute aus dem Ort vorbeibrachten. Lampen, Uhren, alte Rettungsringe, Angeln, Ruder und Schwimmwesten von ganz früher.

Opa Hannes hatte auch Schiffsbilder und Bücher über die

Seefahrt. Und sehr stolz war er auf seine nachgestellten und auf antik gemachten Postkarten, die die Leute gerne kauften.

Die alte Kapitänsmütze saß windschief auf seinem Kopf, die Augen hatte er immer ein bisschen zugekniffen. Er tippte sich an den Mützenschirm, dann fasste er sich an seinen weißen Stoppelbart und zeigte auf ein Stück Treibholz vor ihm. „Und wie soll ich daraus nun einen kleinen Seeräuber schnitzen?"

„Einfach machen." Jan rief es von der Leiter hinab und lachte.

„Genau so, min Jung."

„Schnitzt er wieder Piraten für unseren Laden?", fragte Jan.

„Will er schon, aber er hat zu wenig gutes Holz." Rocco sah von seiner Fußballzeitschrift auf.

„Neu?", fragte Jan und deutete darauf.

„Ziemlich. Hat Papa mitgebracht." Roccos Vater Rolf arbeitete im POTTWAL am Tresen, einer beliebten Kneipe im Ort. Manchmal ließ ein Gast eine Zeitschrift liegen. Dann brachte Rolf Asmussen sie mit.

„Und? Gehen wir erst mal an den Kai?", schlug Jan vor.

„Klar", stimmte Rocco zu.

Das machten sie beinahe jeden Tag. Am Hafen war immer etwas los. Touristen, die lustige Dialekte sprachen. Die Krabbenfischer mit ihren Booten. Mal gab es Streit bei der Frachtabfertigung an den Fähren, mal gab Momme an besonders guten Tagen ein Eis an seiner Bude aus.

Und oft fanden sie im Spülsaum Gegenstände, die die letzte Flut mitgebracht hatte. Angeschwemmt mit den Wellen, und dann ein paar Meter vor dem Deich liegen geblieben, wenn die Ebbe einsetzte.

„Wetten, ich finde heute wieder einen Schwimmer?“ Rocco rannte los. Sie hatten schon eine ganze Sammlung. Oft lasen sie Schwimmer von Angeln oder Netzen auf. Oder abgerissene Fender, die kugeligen Schutzkörper aus Kunststoff am Rumpf der Segelboote, die an der Kaimauer lagen. Vielleicht würden sie eines Tages sogar eine Flaschenpost finden.

Jan sprang hinterher, den Deich hinunter.

„Wer als Erster etwas findet, kriegt ein Eis ausgegeben!“, rief Rocco.

„Top!“

Möwen standen im starken Westwind, die Fähre schwenkte zum Anleger ein und die Jungs waren schon fast am Wasser. Die Sonne kämpfte sich durch die Wolken, die vom Wind schnell über den Himmel gejagt wurden.

Das Wettrennen ging weiter, Jan war ein bisschen schneller als Rocco, auch wenn er seine Schirmmütze festhalten musste. Roccos Jacke wehte im Wind nach hinten.

Plötzlich blieb Jan stehen. „Guck mal, da liegt etwas.“ Er winkte Rocco zu sich. Beide waren außer Atem.

Es war eine Holzkiste, etwas größer als ein Schuhkarton.

„Mitten im Spülsaum. Ist das zu glauben?“ Rocco sah sich um. Oben auf der Deichkrone entdeckte er seinen Opa. Er musste die Abkürzung über die alte Deichtreppe genommen haben.

Rocco begutachtete die Kiste. Sie war flach und aus dunklem Holz gefertigt, hier und da waren Teile mit Metall verstärkt. An der Seite hingen zwei Griffe herab, um die einige Schnörkel geschnitzt waren. Sie erinnerten ihn an Fische.

„Na, Jungs, was habt ihr da?", rief Opa Hannes.

„Hier liegt eine Kiste im Spülsaum", antwortete Jan.

„Einfach so? Donnerlittchen." Roccos Opa schlurfte hinab und schob angeschwemmte Äste, Reet, Federn und Müll beiseite.

„Wem sie wohl gehört?", überlegte Rocco laut.

Opa Hannes kratzte sich am Bart. „Keine Ahnung, Jungs. Nichts zu erkennen. Sieht aus, als hättet ihr gerade einen Schatz gefunden."

„Was schleppt ihr denn wieder an?" Roccos Vater lehnte gut gelaunt in der offenen Küchentür. Vielleicht war er gerade erst aufgestanden. Im POTTWAL wurde es oft spät.

„Etwas aus dem Spülsaum, Rolf!", rief Jan. Rocco und er hatten die Kiste gemeinsam hinaufgetragen.

„Einfach so?“

„Einfach so.“ Opa Hannes tippte sich an die Mütze, er war ein bisschen später angekommen.

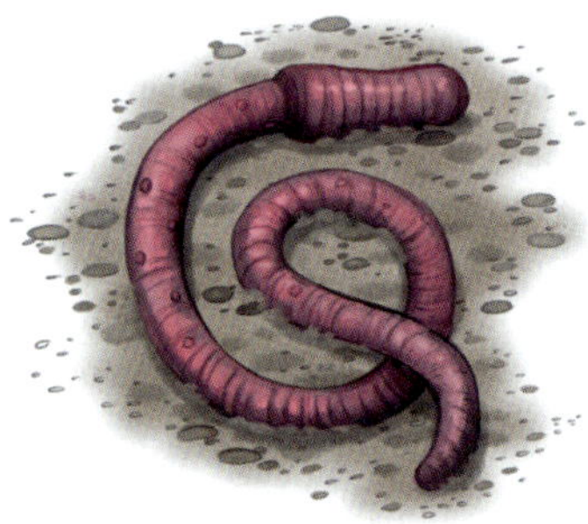

„Vadder, darf man das behalten? Einfach so?“, fragte Rocco.

Rolf schlürfte Kaffee aus seinem Becher. „Piraten dürfen alles. Los, in die Werkstatt damit. Schaut mal, ob ihr sie aufkriegt.“

Sie versuchten es in der Werkstatt. Jan nahm seufzend seine Mütze ab. Rocco schob sich die Haare aus der Stirn und beugte sich gespannt vor.

„Das verdammte Ding!“ Opa Hannes fluchte leise.

Der Deckel ging nicht auf. Es ging überhaupt nichts.

„Wir bräuchten den Schlüssel!“ Jan sprang vom Hauklotz, auf dem er gesessen hatte. „Das Schlüsselloch sieht ganz komisch aus.“

„Richtig, Jan“, stimmte Opa Hannes zu.

„Dann ist es Zeit für die Schublade, Opa!“ Rocco kletterte von der Hobelbank.

„Gut, dann Kommando Schublade.“

Kurz darauf wusste Jan, was das bedeutete. Opa Hannes zog aus einer alten hellbraunen Kommode eine der breiten Schubladen heraus. Er zog und zog und zog, sodass Jan schon befürchtete, dass sie gleich herausfallen würde.

Aber Rocco sprang rechtzeitig herbei und fasste geschickt am hinteren Ende an. Sein Opa zog die schwere Schublade ganz heraus. Die beiden trugen sie hinüber zu Jan und der Kiste.

„Dann wollen wir mal sehen“, schnaufte Opa Hannes.

In der Schublade lagen Hunderte Schlüssel, Scharniere, Griffe, Knäufe, Scheiben und Winkel. Jetzt wusste Jan, warum sie so schwer war!

Jan beugte sich noch einmal nach vorne und guckte sich das Schloss genauer an. „Das Schlüsselloch ist ganz krumm und schief.“

„Vielleicht ist das Absicht?“, riet Rocco.

„Richtig, min Jung. Und damit fallen viele Exemplare schon mal raus!“ Opa Hannes kniff ein Auge zusammen. „Wir brauchen die krummen und schiefen Schlüssel!“

„Und was machen wir, wenn überhaupt keiner passt?“ Jan blickte in die Runde.

„Dann hole ich etwas Dynamit, min Jung!“, meinte Opa Hannes verschmitzt.

Sie suchten mehrere unterschiedliche Schlüssel heraus, die eines gemeinsam hatten: Alle waren ganz außergewöhnlich geformt.

Inzwischen war auch Roccos Vater in die Werkstatt gekommen. Er reichte Opa Hannes einen dampfenden Becher mit Kaffee. „Dann mal los, ihr Klabauterboys. Probiert mal. Schließlich findet man nicht alle Tage einen Piratenschatz!"

„Wir brauchen nicht zu probieren!", sagte Jan. „Ich weiß schon, welcher Schlüssel passt."

Woher wusste Jan, mit welchem Schlüssel sich die Schatzkiste öffnen ließ?

KAPITEL 3

Merkwürdige Zeichen

„Er passt wirklich ins Schloss!“ Rocco pfiff anerkennend. „Clever, die Verzierung am Schlüssel sieht genauso aus wie die Schnitzereien auf der Kiste.“

„Ist anscheinend Messing. Ein schönes Stück!“ Rolf drehte sich zu seinem Vater um. „Woher hast du den Schlüssel?“

Opa Hannes schloss langsam die Augen und öffnete sie wieder. „Geraubt, mein Sohn. Geraubt, gestohlen und nie wieder zurückgegeben!“, behauptete er grinsend.

„Dachte ich mir, du Oberpirat.“

„Mach endlich auf, Jan!“, drängte Rocco ungeduldig seinen Freund.

Jan drehte den Schlüssel vorsichtig um, bis es nicht mehr weiterging.

Er blickte noch einmal alle an.

Und dann öffnete er den Deckel der geheimnisvollen Kiste.

Alle sahen gespannt hinein.

Sie war leer.

„Was soll das denn? Warum ist da nichts drin?" Rocco sprang empört auf, als hätte ihn jemand mit einer Nadel gepiekt.

„Kein Schatz. Wie schade." Auch Rolf stand auf, aber langsamer, so, wie es sein dicker Bauch eben zuließ.

„Tja, Klabauterboys. Da haben wir Pech gehabt." Opa Hannes kniff die Augen zusammen. „Na, dann lassen wir sie doch mal im Hof in der Sonne trocknen. Und ich mach mich wieder an meinen Schnitzpiraten." Er erhob sich ächzend.

„Wir bringen sie raus, Opa." Rocco sprang auf und zwinkerte Jan zu.

Der fasste sofort mit an. „Klar doch."

Von drinnen hörten sie, wie Opa Hannes zu einem Lied im Radio pfiff. Rocco und Jan hatten sich Hauklötze in die Sonne gerückt und draufgesetzt. Auf einem dritten stand die leere Kiste.

Jan rückte die Kiste ein Stück zur Seite, die Sonne schien nun direkt hinein. „Sieh mal, Rocco. Da ist doch etwas. So seltsame Zeichen, ganz blass. Sind das Buchstaben?"

„Die sind aber komisch. Lesen kann ich die nicht." Rocco kratzte sich nachdenklich am Kopf.

„Was macht ihr denn da? Seht ihr euch eine leere Kiste an?

Ist anscheinend spannend!“ Nele stand mit ihrem Fahrrad am Zaun und grinste.

Rocco sah kurz zu Jan. Der nickte. Beide hatten denselben Gedanken gehabt. „Sag mal, Nele“, Rocco erhob sich und öffnete die kleine Pforte an der Seite des Hofes, „du hast doch das Rätsel in der Schule so schnell gelöst.“

„Ja, und?“ Neles Haare wurden vom Wind wild durcheinandergewirbelt.

Auch Jan war aufgestanden. „In der Kiste sind ein paar Zeichen, die wir nicht verstehen. Könntest du nicht mal gucken, ob du damit etwas anfangen kannst?“

Ein Lächeln huschte über Neles Wangen. „Klar.“

„Und?“ Rocco kniete sich neben Nele, die die Kiste in der Sonne drehte. „Die Zeichen sehen aus wie eingebrannt. Buchstaben vielleicht. Aber in welcher Sprache?“

„Vielleicht ist es Griechisch?“, riet Rocco.

„Oder Russisch? Rocco, dein Vater kann das doch.“ Jan zeigte mit dem Daumen Richtung Haus.

Rolf war einige Jahre zur See gefahren und hatte so manche Sprache aufgeschnappt. Oder „mit der Seeluft eingeatmet“, wie er das nannte.

Rocco holte seinen Vater. Er beugte sich zur Kiste hinunter, schüttelte dann aber den Kopf.

„Nee, keine Ahnung. Verstehe ich auch nicht. Griechische Zeichen sind das nicht. Und kyrillische auch nicht, wie man sie zum Beispiel in Russland benutzt." Rolf sah auf die Uhr. „Ich muss noch einkaufen, bevor die Schicht im POTTWAL beginnt." Er ging zurück ins Haus.

„Ist die Kiste vielleicht was für euren Laden, Jan?" Opa Hannes kam heraus und blinzelte gegen die Sonne. „Bisschen Politur auf das Holz, dann könnte die wieder ganz schön sein."

„Nee, Opa. Die bleibt hier." Rocco schlug entschlossen auf den Deckel. Und damit war die Sache erledigt.

„Warte mal, ich schreib mir die Zeichen noch ab. Vielleicht fällt mir ja später etwas dazu ein." Nele zog einen Bleistiftstummel und einen Notizblock aus der Tasche. Zur Sicherheit machte sie noch ein Foto mit dem Handy. Jan notierte sich die Zeichen ebenfalls, er hatte einen alten Zettel aus seiner Hosentasche gefischt. Dann tippte er darauf. „Ich zeige sie heute Abend meinem Vater. Vielleicht weiß er etwas."

„Dann stellt die Kiste später in die Klabauterbude. Ach, und Jan?", fragte Opa Hannes.

„Ja?"

Opa Hannes klopfte ihm freundschaftlich auf die Schulter. „Wenn du nachher wieder rübergehst, nimm die frisch geschnitzten Piraten mit. Sind heute nur drei, ich hatte nicht mehr Holz. Und Grüße an die Oma. Weißt schon."

Jan wusste Bescheid. Die geschnitzten Piraten waren für den Laden. Alle paar Wochen waren sie ausverkauft und Opa Hannes musste wieder neue schnitzen. Und die Grüße? Auch das wusste er: Opa Hannes konnte seine Oma gut leiden.

„Klabauterbude? Ist das euer Versteck?“ Der Wind brachte Neles Haare wieder durcheinander, ein paar Strähnen wirbelten vor ihr Gesicht.

„Kann sein.“ Jan blickte Rocco fest an. Mehr verraten wollte er nicht.

„Hmm.“ Bei Rocco klang es nicht ganz so überzeugt. Schließlich wollte Nele ihnen doch helfen.

„Na, dann. Hab schon verstanden.“ Nele stand auf. „Ich melde mich, wenn ich etwas rausbekommen habe.“

Wenig später war Jan auf dem Weg nach Hause. Die geschnitzten Holzpiraten lagen in ein Geschirrhandtuch eingeschlagen in seinem Fahrradkorb.

Rocco war zu Hause geblieben, er hatte nicht mit hinüber zu Jan zum Abendessen gewollt. Oft war er froh über die Einladung, wenn er großen Hunger und sein Vater nichts eingekauft hatte. Er konnte zwar jederzeit zu seinem Opa gehen, aber bei Jan und seiner Familie war immer so schön viel los, das gefiel ihm. Auch seine Schwestern waren nett, Gini und Mona, die eigentlich Ginevra und Desdemona hießen. Aber so nannte Jans Mutter sie nur, wenn sie mal streng wurde. Rocco saß gern mit an ihrem großen Esstisch. Heute aber nicht.

Opa war zu einer Versammlung gegangen und sein Vater zur Arbeit in den POTTWAL. Er hätte sich jetzt eigentlich mit ein paar Broten vor den Fernseher setzen und eine seiner Lieblingsserien gucken können. Oder vielleicht Computer spielen? Aber dazu hatte er heute keine Lust.

Rocco warf sich seine Piratenjacke über. So hatte sie sein Opa genannt. Ein großes dunkelgraues Sakko, dessen Ärmel Rocco selbst umgenäht hatte. Bei ihm sah es eher aus wie ein Mantel und die Taschen waren groß genug für alles, was man unterwegs so finden konnte.

In der Innentasche befanden sich schon ein Zollstock und ein dicker Zimmermannsbleistift. In den Außentaschen klimperten ein paar Muscheln, die er am Deich aufgelesen hatte. Er steckte sein Handy in die offenen Stiefel. Die waren genau richtig, denn innen hatte er eine Lasche angebracht, damit er schnell an das Handy kam.

Rocco schloss die Hintertür ab. Kein Mensch benutzte die Vordertür.

„Ist dein Großvater nicht da?“ Karl Pötensen lehnte sich über den Zaun. Der Nachbar trug eine gefütterte Weste.

„Nee, ist im Gemeinderat oder so.“

„Ist doch erst morgen“, gab Pötensen zurück.

„Dann bei der Feuerwehr“, meinte Rocco.

„War letzte Woche.“ Der Nachbar hob die Augenbrauen. „Du weißt also nicht, wo er ist. Ich müsste ihn nämlich mal etwas fragen.“

Rocco zuckte mit den Schultern. „Morgen ist er wieder da.“

„Hoffentlich. Und du, wo willst du jetzt noch hin?“

Sag ich nicht, dachte Rocco. Er sagte aber: „Hafenspaziergang.“

„So, so.“ Karl Pötensen schüttelte den Kopf und sah auffällig auf seine Armbanduhr. „Aber zu essen gibt es bei euch genug?“

„Mehr, als man essen kann. Ich muss jetzt los!“

Karl Pötensen nickte und sah Rocco nach.

Rocco sprang über den Graben, kletterte über den Schafzaun und rannte die alte Deichtreppe hoch bis zu einer kleinen Bank. Die meisten Spaziergänger kamen nicht bis hierhin, denn die Bank war vielen zu weit vom Hafen entfernt.

Rocco war gerne hier. In der Sakkotasche spürte er eine Packung mit Erdnüssen. Er streckte die Beine aus und legte sie übereinander. Der Wind wehte seine Haare nach hinten und Rocco ließ seine Gedanken schweifen.

Was war das für ein Tag gewesen?, überlegte er. Ein guter Tag. Er hatte zwar einen Vortrag über Kolumbus aufgebrummt bekommen, das war nicht so gut. Aber zusammen mit Nele, das war wieder gut.

Außerdem hatten sie die Kiste gefunden. Jan hatte sie in der Klabauterbude in eine alte Apfelkiste gestellt.

Rocco holte die Erdnüsse aus seiner Tasche. Dabei fühlte er den letzten Brief seiner Mutter. Er war vor einem Monat gekommen und Rocco kannte ihn auswendig. Die Briefe kamen selten. *Cathérine*, so unterschrieb sie jetzt immer. Nicht mehr mit *Mama*. Die Briefmarken waren bunt. *Mein Rocco, mein Stern …*

Cathérine arbeitete als Modedesignerin, sie wohnte in Paris. Zumindest stand das auf dem Poststempel. Ein Absender war nie drauf.

Der Wind wurde stärker, die späte Fähre tutete im Hafen beim Anlegen. Das war das Zeichen, auf das Rocco gewartet hatte. Zeit, wieder nach Hause zu gehen.

Vorher lief er noch zum Anleger hinab. Das Licht war gerade besonders schön, deshalb schoss er mit dem Handy noch ein Bild vom Hafen.

Eine heftige Böe ließ Roccos Hand wackeln. Zur Sicherheit machte er noch ein Foto.

Zufrieden sah er sich die beiden Bilder an und wollte eines davon gerade an Jan schicken. Das machte er abends oft. Da fiel ihm etwas auf. Der kräftige Windstoß hatte vier Dinge verändert. Und zwei weitere kamen Rocco sehr merkwürdig vor.

Entdeckst du die vier Veränderungen auf den Fotos? Welche beiden anderen Unterschiede fand Rocco verdächtig?

KÄPTEN'S BUDE
IMBISS - KAFFEE - EIS
COF

KÄPTEN'S BUDE
IMBISS - KAFFEE - EIS
COF

KAPITEL 4

Einbrecher!

So viele Dinge hatten sich in so kurzer Zeit verändert. Rocco sah sich die beiden Bilder noch einmal genauer an. Der Wind hatte dem Hund eine Zeitung ins Gesicht geweht, dem Jungen das Eis aus der Hand geblasen, die Fahne flattern lassen und den Hut des Mannes davongetragen. Aber wer waren die Frau und der Mann? War das nicht ein Messer unter seiner Jacke? Und stahl sie nicht gerade ihrem Nachbarn ein Portemonnaie? Die müssten sie im Auge behalten, wenn die in Breeksiel blieben.

Als Rocco wenig später wieder auf den Hof kam, kletterte er noch einmal in die Klabauterbude. Mit der Kiste unter dem Arm kam er die Treppe wieder herunter. Sicher war sicher.

Ein Wind, wilder als sonst, fegte in der Nacht über Breeksiel hinweg. Das kleine Küstenstädtchen ächzte ein wenig, die Kronen der uralten Bäume wurden durchgerüttelt.

Die meisten Breeksieler lagen tief und fest schlafend und in warme Decken eingekuschelt unter den Dächern. Wenn sie etwas von dem Sturmwind mitbekamen, dann drehten sie sich bloß gemütlich um.

Aber nicht alle schliefen.

Rolf Asmussen war nicht der Einzige, der noch unterwegs war. Er hatte die Hände tief in die Taschen gesteckt. Der Kragen seiner Jacke war hochgeklappt. Er summte zusammen mit dem Wind ein Lied.

Und so hörte er nicht das Schleichen. Er bekam auch nichts mit von den hektischen Blicken um die Häuserecken und dem schnellen Zurückweichen in die Schatten.

Als Jan am nächsten Morgen aufwachte, wusste er eines genau: Er hatte gut geschlafen. Jan drehte sich zum Dachfenster. Ein blauer Himmel grüßte ihn. Erst seit Kurzem war das hier sein Zimmer. Zuvor hatten Mona und er noch eines zusammen gehabt. Aber dann hatte Papa mit Onkel Tim diesen Teil des Daches für ihn ausgebaut.

„Jan?“

„Ja?“

Mona stand vor der steilen Treppe. „Komm doch mal runter. Rocco ist da!“

So früh schon? Jan warf sich eine Trainingsjacke über und zog schnell eine Hose an. Er sah auf die Uhr. Es war erst kurz nach sechs.

An der Hintertür wartete Rocco in seinem dunklen Sakko, die Arme um sich geschlungen. Es war kühl und der Regen der Nacht hing noch in der Luft.

Rocco winkte Jan aufgeregt zu sich und rief halblaut: „Heute Nacht war jemand bei uns.“

„Bei euch?“

„Ja, in der Werkstatt. Ein Einbrecher.“

„Was?! Fehlt denn etwas?“, fragte Jan entsetzt.

Rocco schüttelte den Kopf, sodass ihm eine Strähne ins Gesicht fiel. „Weiß nicht genau. Wir müssen nachsehen!“

„Und wie hast du es bemerkt?“

„Zeig ich dir gleich, kannst du mitkommen?“ Rocco sah sich besorgt um.

Jan überlegte. „Warte.“ Er ging zurück in die Küche, nahm einen Zettel und schrieb *Bin bei den Reusen. Gruß, Jan* drauf. Das stimmte zwar nicht ganz. Aber warum sollten sich seine Eltern Sorgen machen? Er war ja nur bei Rocco.

Mona tapste leise die Stufen herunter.

Jan hob die Hand. „Bin kurz los. Zum Frühstück bin ich wieder da.“

Sie zeigte auf den Zettel. „Bei Rocco?“

„Bei den Reusen. Ist einfacher. Okay?“

Und das hieß natürlich: Du verrätst mich doch nicht?

Mona nickte. Auf sie konnte Jan sich verlassen.

Jan setzte sich auf Roccos Gepäckträger. Der war so breit wie das ganze Rad. Eigentlich gehörte es Opa Hannes.

„Wann hast du es bemerkt?“, fragte Jan.

„Heute Morgen. In der Werkstatt ist alles durcheinander“, antwortete Rocco.

„Hat dein Opa vielleicht was gesucht?“

„Nee. Ich war gestern Abend dort, da war noch alles ordentlich.“

Jan konnte sich das Lachen nicht verkneifen. „Also, was Opa Hannes ordentlich nennt.“

Rocco drehte sich mit einem Grinsen um. Dann ließ der die Bremse quietschen. Sie waren da.

Im Vorderhaus regte sich noch nichts. Rolf schlief noch, er hatte eine lange Schicht im POTTWAL hinter sich. Und auch bei Opa Hannes’ Zimmern an der Seite des Hauses waren die Gardinen geschlossen.

„Hier, guck dir das an!“ Schwungvoll schob Rocco das Werkstatttor auf.

Alle Schränke waren offen, Schubladen herausgerissen, das Holzlager auseinandergenommen. Sämtliche Regale waren leer gefegt, Buddelschiffe, Bilder und Bücher lagen auf dem Boden verteilt.

„Was für ein Durcheinander. Sogar die Lesekajüte ist verwüstet!“ Jan trat in die Ecke, in der sie manchmal saßen: zwei alte Seekisten mit einem bequemen, breiten Kissen vor einem vollen Bücherregal.

„Derjenige hat alles herausgerissen!“, stellte Rocco bestürzt fest.

Fotoalben und Mappen mit Bildern lagen herum, Bilderrahmen waren kreuz und quer auf dem Boden verstreut. „Opas gesamtes Lager!“

„Und das war ganz bestimmt nicht er selbst? Vielleicht hat er etwas gesucht? Oder er ist schlafgewandelt? Oder beides?“, warf Jan ein.

„So tief kann ich gar nicht schlafen, min Jung! Na, das ist ja schon mal kein guter Start in den Tag!“

Opa Hannes stand in der Zwischentür zu seiner Wohnung. Er hatte einen Kaffeebecher und eine zusammengefaltete Zeitung in der Hand. „Ich dachte mir, beim Briefkasten hinten, da ist doch was? Und dann seid ihr beiden Klabauterboys das!“ Er grinste, aber Jan konnte sehen, dass ihm überhaupt nicht gefiel, was er in der Werkstatt sah.

Rocco trat zu seinem Großvater und strich ihm über den Arm. „Wir können das zusammen aufräumen, Opa!“

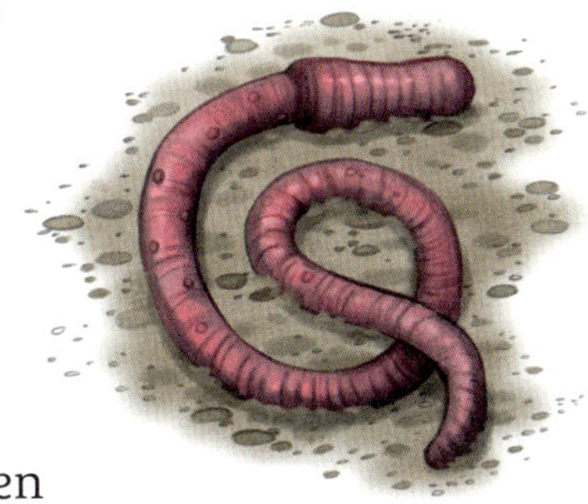

„Klar, machen wir!“ Jan kam zu ihnen.

Aber Opa Hannes schüttelte den Kopf. „Nee, Jungs, erst mal müssen wir nachdenken. Und das geht am besten mit klarem Kopf und etwas Warmem im Bauch. Rocco, mach doch mal zwei Becher Kakao für euch beide. Ist schon mal ein halbes Frühstück! Denn zur Schule müsst ihr ja schließlich auch.“

Er sah auf seine Armbanduhr, aber es war noch genug Zeit.

Wenig später hockten die drei nebeneinander, jeder hielt einen dampfenden Becher in den Händen.

Rocco saß auf dem Hauklotz, Jan auf einer kleineren Seemannskiste und Opa Hannes in dem kaputten Schaukelstuhl, der nicht mehr schaukelte und ein bisschen schief war.

„So, mal sehen. Sagt mal, seid ihr am Rand stehen geblieben oder schon durch die Werkstatt gelaufen?“ Opa Hannes sah rüber zu Jan und Rocco.

„Stehen geblieben, Käpt’n. Wir waren ja gerade erst gekommen.“ Jan hob zur Bekräftigung seinen Kakaobecher hoch und nickte.

„Aha. Das macht die Sache klarer. Vor allem, weil es letzte Nacht geregnet hat. Richtig Ahnung hatten die Diebe nicht.

Sonst hätten sie eine der alten Uhren mitgenommen. Die sind nämlich ein bisschen was wert."

„*Die* Diebe, Opa? Woher weißt du, dass es mehrere waren?", fragte Rocco erstaunt.

„Das kann ich sehr leicht sehen. Ihr nicht?"

Woher wusste Opa Hannes, wie viele Einbrecher es waren?

CAP

KAPITEL 5

Die Sache mit der Uhrzeit

„Zwei verschiedene Fußspuren! Da muss man aber genau hingucken“, stellte Rocco fest.

„Das stimmt. Außerdem ist es für einen allein ganz schön viel Arbeit gewesen, so ein Durcheinander anzurichten. Ab jetzt werde ich die wertvollen Uhren woanders aufbewahren. Versteckt, zur Sicherheit“, beschloss Opa Hannes.

„Vielleicht wollten die einfach nur alles kaputt machen und rausreißen. So etwas gibt es doch.“ Jan sah zu Rocco und seinem Großvater. Er hatte davon in der Zeitung gelesen.

„Meinst du? Was ist denn mit deinen ganzen Büchern, Opa? Die sind doch bestimmt wertvoll.“ Rocco stand auf und hob einen dicken Bildband vom Boden auf. ‚Küstenleben Anno Dazumal‘, das hier zum Beispiel.“

„Nee, min Jung, davon gibt es viel zu viele. Die haben nur

für mich ihren Wert, damit ich weiß, wie die Fotos von früher ausgesehen haben, die wir dann für die Postkarten nachstellen." Opa Hannes erhob sich ächzend, und Jan wurde wieder einmal klar, warum er „der groote Hannes" genannt wurde. Roccos Opa war wirklich beeindruckend groß.

„Wisst ihr, was ich glaube? Unsere beiden Einbrecher haben irgendwas gesucht, aber nicht gefunden. Guckt mal hier: Da sind die Regale richtig leer gefegt, als ob jemand in großer Wut gehandelt hat. Und hier drüben, in der Lesekajüte, da ist die Seekiste leer gemacht worden. Die Regale auf der anderen Seite sind aber noch voll."

Es stimmte. Jan und Rocco gingen hinüber zur Lesekajüte. Oft hatten sie hier gesessen und die verschiedenen Bücher angesehen oder in alten Seemannskalendern, Logbüchern und Piratengeschichten geblättert.

„Opa, hast du Feinde?" Rocco wischte sich ein paar Haare aus den Augen. Diese Frage kannte er aus den späten Fernsehkrimis, die er sich manchmal ansah.

„Feinde? Nee, aber nicht nur Freunde, aber wer hat das schon?" Opa Hannes ging mit kleinen Schritten zwischen den Bilderrahmen und Büchern, den Werkzeugen und den Scherben hin und her, hob einzelne Sachen auf, pustete den Staub von ihnen, brummte und drehte sich irgendwann zu Rocco und Jan um. „Und nun, marsch fertig machen für die Schule. Volle Kraft voraus!"

„Aye, Käpt'n!"

Jan kam gerade noch rechtzeitig zum Frühstück nach Hause, eine Katzenwäsche vor der Schule musste heute reichen. Er zog ein sauberes T-Shirt und einen frischen Pullover an.

Mona sah ihn am Frühstückstisch an, verzog aber keine Miene. Jan war sich sicher, dass sie nichts verraten hatte.

„Hast du was gefangen?“ Hark Godbersen goss seiner Frau Kaffee nach. Er stand auf, ohne eine Antwort abzuwarten, und begann, Schulbrote für Jan und seine Schwestern zu schmieren.

„In den Reusen war heute nichts. Aber ich habe einen Zettel gefunden mit ein paar Buchstaben und Zahlen drauf. Papa, das ist dann wahrscheinlich ein Code, oder?“ Jan versuchte, so beiläufig wie möglich zu klingen. Gestern Abend war er nicht mehr dazu gekommen, seinen Vater zu fragen.

„Es kann ein Passwort oder eine verschlüsselte Botschaft sein. Schwer zu sagen, da gibt es viele Möglichkeiten.“ Sein Vater klappte die erste Brotdose zu.

„Und wenn da ein Symbol dabei ist, das keiner kennt?“, bohrte Jan weiter.

„Irgendwer wird es schon kennen. Es gibt ganze Bibliotheken voller Symbolerklärungen“, meinte sein Vater.

„Hast du darüber irgendwelche Bücher?“

Sein Vater drehte sich um, ein Stück Camembert klebte noch an seinem Messer. „Habe ich. Und du hast einen Code mit einem Symbol, nehme ich an? Zeigst du ihn mir mal?“

„Nach der Schule.“ Ilka Boysen, Jans Mutter, setzte ihre Kaffeetasse geräuschvoll ab und zeigte mahnend auf die Küchenuhr. „Die Kinder müssen los.“ Ilka hatte ihren Familiennamen wegen ANTIKES BEI BOYSEN – MARITIME SOUVENIRS behalten und diesen auch an Jan und seine Schwestern weitergegeben. Der Laden wie auch der Name Boysen sollten so lange wie möglich erhalten bleiben.

„Mama, ich bin kein Kind mehr.“ Gini verdrehte die Augen. Ihre Lider waren heute grün geschminkt.

„Doch, mein Kind, und das wirst du immer bleiben“, lächelte Jans Mutter.

„Ich hab dich auch lieb, Mama!“ Gini dehnte die Wörter wie Kaugummi und erhob sich.

„Also, Jan. Nachher?“, erkundigte sich sein Vater.

Jan nickte. Später würde er seinem Vater die Abschrift zeigen. Und vielleicht hatte Nele ja inzwischen auch etwas herausbekommen.

Rocco und Jan saßen in der großen Pause auf dem Zaun vor der Turnhalle. Nele verabschiedete sich am Haupteingang von einer Freundin und kam zu ihnen herüber. Jan hob die Hand. Nele grüßte zurück.

„Na, schon weitergekommen?“ Sie lächelte die beiden an.

„Ja, aber nicht mit der Kiste. Bei uns wurde letzte Nacht eingebrochen.“ Rocco erzählte kurz, was passiert war.

„Und war auch die Polizei da?“ Nele setzte sich neben sie.

„Polizei? Nee!“ Rocco war empört. Auf so einen Gedanken wäre er nie gekommen.

„Aber man kennt das doch: Spurensicherung, Absperrband. Und der Kommissar nimmt jede Kleinigkeit genau unter die Lupe, bis er der Wahrheit auf die Spur kommt.“ Jan streckte einen Daumen nach oben.

„Quatsch, keine Polizei. Das würde Opa niemals erlauben. Schließlich schummelt er doch immer mit den Postkartenfotos. Die sind doch neu, und er macht sie so, dass sie alt wirken. Dann kann man die gleich für das Doppelte verkaufen. Wenn die Polizei das rauskriegt, das wäre nicht so gut.“ Rocco grinste.

Jan beugte sich vor. „Stimmt: ‚Fischerjunge vor Sonnenuntergang‘, ‚Junger Seemann vor historischem Kahn‘ und so. Die zeigen alle unseren Rocco hier.“

Nele überlegte kurz. „Das habe ich gar nicht gewusst. Dabei kaufen wir euch die alten Postkarten doch teuer ab und verkaufen sie vorne im Bäckerladen.“

Sie schwiegen einen Augenblick.

Nele räusperte sich schließlich. „Könnte es nicht sein, dass das Ganze mit der kleinen Kiste zu tun hat, die wir gestern untersucht haben?“

„Was?“ Rocco sah auf.

„Überlegt doch mal. Die ist genau gestern neu zur Sammlung deines Opas dazugekommen.“ Nele sprang vom Zaun.

„Stimmt. Aber gefunden haben sie sie nicht.“ Rocco schnipste mit den Fingern.

„Warum eigentlich nicht? War sie etwa nicht in der Klabauterbude?“ Jan hatte am Morgen nicht daran gedacht, selbst nachzusehen.

„Nein, dorthin sind sie nicht geklettert. Aber da ist die Kiste auch gar nicht“, antwortete Rocco.

„Sondern?“, fragte Jan erstaunt.

„An einem geheimen Ort“, gab Rocco zurück.

„Noch geheimer als die Klabauterbude? Geht das überhaupt?“, fragte Nele lachend. „Bei den Zeichen bin ich noch nicht weiter. Ich melde mich, wenn ich etwas rauskriege.“

„Entschuldigung, könnten Sie mir vielleicht die Uhrzeit sagen?“

Ilka Boysen sah auf und setzte die Brille ab. Die Tür stand offen, dadurch hatte die Ladenglocke nicht geläutet, als die Person hereingekommen war.

Kundschaft!

„Gern, es ist jetzt fünf Minuten nach elf."

„Herzlichen Dank." Ein schmaler Mann lächelte sie an, seine Augen wanderten umher. Er sah sich im Laden um. „Maritime Souvenirs, was?"

„So steht es auf dem Ladenschild. Und genau das finden Sie auch bei uns, mein Herr. Suchen Sie etwas Bestimmtes?" Jans Mutter lächelte den Besucher an.

„Nein, nein. Ich sehe mich einfach gern um. Seekisten fände ich besonders interessant", gab dieser zurück.

„Da kann ich Ihnen einige besonders schöne Exemplare zeigen. Hier drüben. Wenn Sie mal schauen möchten?" Ilka Boysen ging in die linke Ecke.

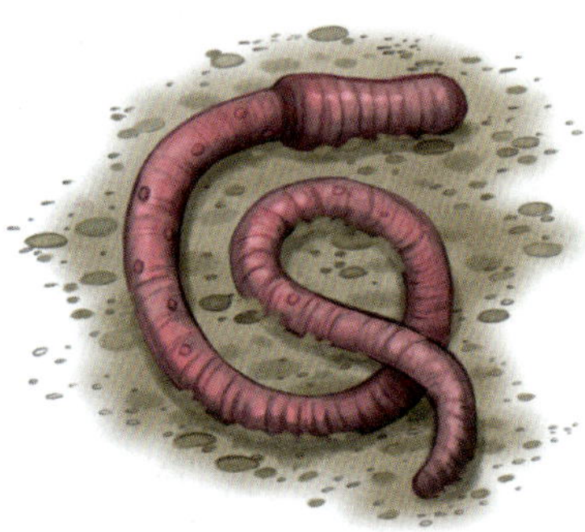

Der schmale Mann schlenderte hinterher, während er sich fortwährend das Angebot im ganzen Laden ansah.

ANTIKES BEI BOYSEN – MARITIME SOUVENIRS – auch auf den Preisschildern war der Name des Ladens zu lesen. Es stand viel herum: Vasen und Lampen, Knotenbretter und Nebelhörner aus Messing, Steuerräder und geschnitzte Piraten, von denen einige ziemlich schief geraten waren, weil der groote Hannes besonders raubeinige Seeräuber hatte darstellen wollen.

„Nein, nein. Es müsste eine kleinere sein. Dunkel, mit

Schnitzereien an den Seiten." Der Mann wandte sich schnell wieder von den gezeigten Seekisten ab.

„Aber richtige Seemannskisten haben diese Größe. Da muss ja auch einiges hinein. Diese hier ist von 1899, eine Familie aus dem Ort hat sie uns überlassen. Wir können nachweisen, wohin der Seemann, ein gewisser Oluf Behrendsen, damals gefahren ist." Ilka Boysen klappte die Kiste auf und holte ein gelbes Stück Papier heraus. Ihr Mann hatte darauf mit Feder und Tinte in Schönschrift die Seereisen der Kiste und des Matrosen Behrendsen notiert.

„Nein, vielen Dank. Ich bin wirklich nur an kleineren Behältnissen interessiert. Sie haben nicht zufällig kürzlich eine kleine Kiste ins Sortiment aufgenommen?" Der schmale Mann sah nicht Ilka Boysen an, sondern ließ seinen Blick weiter wie einen Suchscheinwerfer durch die Regale streifen.

„Nein, tut mir leid. Da kann ich nicht helfen. Aber vielleicht kann ich Ihnen eine Piratenskulptur empfehlen? Die sind alle aus Treibholz handgeschnitzt." Ilka Boysen blieb freundlich.

„Treibholz? Nein, danke. Wenn Ihnen aber mal eine Kiste hier angetrieben wird, dann wäre ich nach wie vor interessiert."

„Vielleicht kann ich Sie dann anrufen?" Ilka Boysen lächelte noch einmal. Aber ihre Erfahrung als Verkäuferin sagte ihr, dass sie diesmal nichts verkaufen würde. Dennoch rückte sie einen kleinen, dekorativen Messinganker ins Sonnenlicht.

„Nein, danke. Ich komme demnächst noch einmal vorbei.

Auf Wiedersehen! Ach, und könnten Sie mir bitte noch mal kurz die Uhrzeit sagen?“, fragte der Kunde.

Ilka Boysen sagte ihm, wie spät es war.

Der schmale Mann ging rasch zur Tür, die zwischenzeitlich zugefallen war. Dabei grüßte er mit einer Hand zum Abschied.

Komischer Kerl, dachte Ilka Boysen. Etwas an dem, was er gesagt hatte, war ihr merkwürdig erschienen.

Warum kam der Kunde Ilka Boysen verdächtig vor?

Geschlossen
HOME

KAPITEL 6

Unerwartetes Wiedersehen

Ilka Boysen schüttelte lächelnd den Kopf. Der schmale Mann hatte sie zweimal nach der Uhrzeit gefragt, dabei trug er doch selbst eine Armbanduhr am Handgelenk! Außerdem hätte er die vielen Uhren im Laden sehen müssen. Das Meer spülte manchmal merkwürdige Geheimnisse an den Strand des kleinen Küstenorts.

Auch Ilka blickte nun auf die Uhr. Noch war Zeit bis zur Mittagspause. Sie könnte später hinunter zu Momme gehen. An seiner Imbissbude am Anleger verkaufte er Eis am Stiel aus Dänemark. Das war einfach das beste, fand Ilka. Das würde sie ihren Mitarbeiterinnen und Mitarbeitern im Laden zum Nachtisch mitbringen!

Momme Bonnichsen sah von der Zeitungsbeilage mit den Sonderangeboten auf. Er war von einer Bewegung vor seinem Wagen abgelenkt worden, der in der Mittagsruhe zwischen zwei Schiffen auf dem leeren Anleger stand. Die Mittagsschiffe waren durch, das nächste würde um Viertel vor drei abfahren. Bis dahin war Zeit, um mal durchzuatmen.

„Moin, Momme!"

Die Stimme kannte er. „Ose?" Momme sah die Frau an. Sie wirkte müde.

Ose ging um den Imbisswagen herum zur Tür, die Momme gerade öffnete. Sie umarmten sich, was für Außenstehende sicher komisch ausgesehen hätte: ein Mann, groß wie ein Bär, mit weißer Kochschürze und falscher Kapitänsmütze auf dem Kopf schlang die Arme um eine zierliche blonde Frau in einer Glitzerjacke, die wie aus der Weihnachtsdekoration des Vorjahres aussah.

„Was machst du denn hier?", fragte Momme und grinste die Frau an.

„Dich besuchen." Ose lächelte zwar, aber Momme ahnte, dass etwas nicht stimmte. Sie sah aus, als hätte sie Sorgen. „Was ist los?"

„Nichts. Krieg ich einen Kaffee?", fragte Ose.

„Ich hab jetzt auch Cappuccino, möchtest du einen?", bot Momme an.

„Lieber deine alte Plörre aus der Thermoskanne. Mit Zucker bitte", erwiderte Ose.

„Eine gute Wahl, wie immer." Momme fasste sich an die Brusttasche.

„Trägst du den Zucker immer noch in deiner Brusttasche?", neckte Ose ihn.

„Klar, dann weiß ich doch, wo er ist, und keiner stiehlt ihn mir von den Tischen." Er riss einen Zuckerstick auf und schüttete den Inhalt in einen Becher.

„Alter Freibeuter. Schon viele Touristen gefangen heute?" Ose klang neugierig.

Momme brummte und goss Kaffee in einen Becher. Die Einwegtassen aus Plastik hatte er schon vor deren Verbot abgeschafft. Allerdings waren die neuen Becher bunt zusammengewürfelt, denn er hatte die meisten von seinen Freunden bekommen. Aber bis jetzt hatte sich noch kein Kunde über die unterschiedlichen Exemplare beschwert. Er schenkte sich auch einen Kaffee ein.

„Bleibst du länger?", fragte er schließlich.

Ose zuckte mit den Schultern. „Keine Ahnung. Das hängt von Bernhard ab. Geschäfte, verstehst du?"

Momme nickte erst, schüttelte dann aber den Kopf. Er mochte Bernhard nicht. Wegen dieses nervösen Typen wohnte Ose nicht mehr in Breeksiel. Momme lebte in dem kleinen Haus an der Dorfmark, das seinen verstorbenen Eltern gehört hatte.

„Wollt ihr bei uns übernachten?" Außer Momme wohnte noch der alte Kater Petersen in dem Haus.

Ose schüttelte den Kopf. Ihr Pferdeschwanz wedelte durch die Luft. „Wir haben etwas gebucht, das ist einfacher. Bist du noch manchmal im POTTWAL?"

Momme nickte. „Klar, meistens mit den Jungs am Dienstag zum Kartenspielen. Aber auch sonst mal so."

„Wie wäre es mit heute Abend?", fragte Ose.

„Mit Bernhard?" Momme klang zögerlich.

„Ich würde allein kommen", erwiderte Ose.

„Ich freu mich." Und das meinte Momme auch so.

Rocco legte Messer und Gabel neben seinen Teller. Gleich würde sein Mittagessen fertig sein. Die beiden Schwarzbrote hatte er mit Schinken belegt und in der Pfanne zischte es. Es gab seine Spezialität, Käsespiegel: ein Ei unten, dann zwei, drei Scheiben Käse, dann noch ein Ei und einmal wenden. Aus seinem Handy schallte ein Song seiner Lieblingsband.

Plötzlich brummte das Handy.

Er sah eine Nachricht von Nele. *Ich glaube, ich habe einen Teil der Zeichen entschlüsselt. Wann können wir uns treffen?*

Nach dem Essen. Okay? Rocco schaufelte seine Mahlzeit hinein.

Die Kiste hatte Rocco gestern Abend aus der Klabauterbude mit ins Haus geschleppt. Er hatte sie in den Wandschrank hinter der Weltkarte gestellt. „Hinter der Welt“ nannte Opa dieses Versteck. Da bunkerte Rocco einige Sachen, die keiner sehen sollte, auch sein Vater nicht. An der glatten Wand würde niemand eine versteckte Tür hinter der Weltkarte vermuten. Im Schrank waren Roccos Geheimkartons verborgen, im Moment waren es zwei. Im ersten bewahrte Rocco ein Foto seiner Mutter auf. Nicht einmal Jan kannte es. Und hier lagen auch die Briefe und Postkarten, die sie ihm früher geschrieben hatte. *Mein Rocco, mein Stern …*, begannen sie alle.

Im zweiten Karton waren Schätze, die er in den letzten Jahren gefunden hatte, hauptsächlich angeschwemmtes Strandgut. Verschiedene Scherben, abgerundet und schön. Eine Kette, die wohl mal irgendwer beim Schwimmen in der Nordsee verloren haben musste. Eine Armbanduhr, die ziemlich schwer war und deren Zeiger sich manchmal noch bewegten, wenn man die Uhr vorher ein wenig schüttelte. Und dann waren da noch zwei Orden, einer von Opa Hannes und einer von seinem Vater für deren Einsatz als Feuerwehrmänner bei einer Sturmflut.

Bevor er sich mit Nele traf, musste Rocco die geheimnisvolle Kiste noch hervorholen und Jan Bescheid sagen.

Sein Vater kam in die Küche. „Sitzt hier im Trüben und isst Spiegeleier. Morgen, mein Junge!“

Rolf Asmussen schlurfte in die Küche und strich seinem Sohn über die dunklen Haare. „Hab schon gehört, wir hatten Einbrecher zu Besuch?“

Rocco brummte und kaute.

Sein Vater schaufelte Kaffee in eine Espressokanne, schraubte sie zu und stellte sie auf den Herd. „Opa Hannes hat mir eine Nachricht geschrieben. Ich habe letzte Nacht aber nichts bemerkt. Als ich nach Hause kam, war hier alles friedlich.“

„Meinst du, die kommen noch mal zurück?“ Rocco hatte endlich hinuntergeschluckt. Sein Herz klopfte ein bisschen schneller. War die Kiste oben im Geheimschrank wirklich sicher?

„Warum sollten die noch mal kommen? Die haben doch gesehen, dass bei uns nichts zu holen ist. Hat auch Vorteile, wenig Wertvolles zu haben, mein Sohn.“ Die Kaffeekanne gurgelte auf dem Herd und ein breites Lächeln überzog Rolfs bärtiges Gesicht.

„Und wenn die etwas ganz anderes gesucht haben? Kein Geld?“ Rocco war nicht wohl bei dem Gedanken.

Sein Vater zuckte mit den Schultern. „Ich wüsste nicht, was. Du vielleicht? Übrigens, wer ist dran mit Putzen?“

„Ich, leider.“

„Dann mach ich die Wäsche.“ Rolf goss sich seinen Morgenkaffee ein, auch wenn es eigentlich schon mittags war.

„Und Opa sorgt für einen vollen Kühlschrank.“

Beiderseitiges Brummen besiegelte die Vereinbarung.

„Hast du gerade Zeit, Papa?“ Jan spähte vorsichtig in das kleine Arbeitszimmer seines Vaters.

„Immer, mein Sohn.“ Hark Godbersen nahm seine Lesebrille ab und setzte sich ein bisschen gerader hin, als hätte ein Lehrer ihn dazu aufgefordert.

„Ich habe die Zeichen dabei, von denen ich dir erzählt habe.“ Jan hielt seinen Notizblock hoch.

„Komm zu mir. Wir sehen uns das mal an.“ Sein Vater rückte mit seinem Schreibtischstuhl zur Seite und zog einen Hocker heran. Er musste allerlei Mappen und Bücher herunternehmen, damit man überhaupt darauf sitzen konnte.

„Woher hast du die?“, fragte er seinen Sohn.

Jan sah sich um. Sollte er es verraten?

Auf dem Schreibtisch stapelten sich wie immer Papierseiten und aufgeschlagene Alben, in den Regalen ringsum im Zimmer standen Lexika und Bücher in allen Größen und Farben. „Habe ich bei Rocco gesehen“, meinte er schließlich.

Mehr musste sein Vater erst einmal nicht wissen, beschloss Jan. Und dieser war damit zufrieden. Oft kamen Leute aus dem Dorf mit alten Briefen zu ihm, die sie nicht mehr lesen konnten. Schon hatte er die Schreibtischlampe auf das Blatt gerichtet. „Aha.“

„Hast du etwas?“, fragte Jan.

„Das hier sind mit hoher Wahrscheinlichkeit Buchstaben, aber sie kommen mir irgendwie merkwürdig vor“, erklärte sein Vater.

„Und wenn der Schreiber nur sehr undeutlich geschrieben hat?“ Jan dachte an seine letzte Deutscharbeit.

„Eher unwahrscheinlich, die Zeichen sind ganz regelmäßig.“

Das Telefon klingelte. Sein Vater ging ran und begrüßte die Person mit einem Namen, den Jan nicht kannte.

„Was? Gestohlen? Die alte Kiste? Aus dem Heimatmuseum? Das gibt es doch nicht!“ Hark Godbersen war plötzlich ganz aufgeregt. „Und keine Spur von den Dieben?“

Eine gestohlene Kiste? Jan hatte auf einmal das Gefühl, als würden seine Ohren wachsen.

„Wie groß ist die? Ah, etwas größer als ein Schuhkarton ungefähr. Dunkles Holz, aber abgenutzt? An den Seiten ein bisschen was Geschnitztes, ja? Und innen ein paar Kritzeleien? Nee, erzähl mal ganz in Ruhe.“

Jan nahm vorsichtig den Zettel vom Schreibtisch, knickte ihn und bewegte sich langsam zurück zur Tür. Er winkte seinem Vater. Der redete weiter und hob entschuldigend die Hand.

Neben der Tür ging Jan am Spiegel vorbei. Er sah hinein. Und auf einmal wusste er genau, was auf dem Zettel stand.

Was hat Jan auf dem Papier entdeckt?

€15

KAPITEL 7

Ein unheimlicher Typ

„Was? Jan hat es auch herausbekommen?“ Nele seufzte. „Aber nicht so schnell wie ich, oder? Und wer ist das, dieser Edlef Bordelius Bohn?“

Sie balancierte über die Banklehne und hielt ihr Handy ans Ohr. „Okay, das kriegen wir später heraus. Wann treffen wir uns?“

Naemy und Hanna, ihre besten Freundinnen, saßen auf der Bank und sahen kichernd auf Hannas Smartphone. Worüber sie sich amüsierten, wusste Nele nicht. Sie blickte in die andere Richtung. An der Wasserkante des Deiches lief der groote Hannes entlang, wie so oft. Er bückte sich an manchen Stellen. Bestimmt sammelte er wieder Treibholz auf, aus dem er dann etwas schnitzte. Sie hüpfte von der Banklehne. „Im Hof um fünf, okay. Ja, und ich komm schon nicht in eure Klabauterbude, keine Angst!“, sprach sie in ihr Handy und legte schließlich auf. Gerade rechtzeitig.

„Nele, sieh mal, da ist wohl eine Schlägerei auf dem Schiff.“ Hanna hatte ihr Handy eingesteckt und zeigte in Richtung Anleger.

„Der eine Typ hat den Rettungsschwimmer geschubst.“ Naemy reckte ihren Hals.

„Aber der lässt sich nichts gefallen. Der Angestellte von der Fähre muss richtig dazwischengehen!“ Nele war auf einen Poller gestiegen und verfolgte nun auch gebannt das Geschehen.

Das Schiff tutete und brachte alle zur Vernunft. „Jetzt ist der Weg frei. Und alle Passagiere können von Bord.“ Nele sprang vom Poller.

„Oder meinst du, die hauen sich jetzt an Land noch irgendwo weiter?“ Naemy dachte nach. „Beim Fußball machen die das doch manchmal, auch wenn das Spiel schon längst vorbei ist.“

„Bescheuert“, fand Nele.

„Total.“ Hanna sah nicht von ihrem Handy auf.

„Der schubsende Typ hat einen Anzug an, als müsse er auf eine Beerdigung“, stellte Naemy fest.

„Vielleicht muss er das ja.“ Nele war schon wieder auf der Banklehne und balancierte.

„Heute ist aber keine, sonst hätten die Glocken doch schon in der Mittagszeit geläutet“, warf Naemy ein.

„Moment. Der kommt zu uns rüber!“, rief Nele.

Jetzt sah Hanna doch auf. Zumindest für einen Moment. Denn der Mann im schwarzen Anzug hastete tatsächlich auf sie zu! Die Mädchen hielten den Atem an, während er immer näher kam. Doch er lief an ihnen vorbei, sein dunkler Schlips flatterte. Jetzt konnte Nele ihn genauer betrachten. Er trug einen viel zu kleinen Hut und hatte einen Mantel unter den Arm geklemmt. In der Hand des anderen Arms hielt er eine kleine Aktentasche. Sie atmeten erleichtert wieder aus.

„Kommt, machen wir noch ein Selfie!“, schlug Hanna vor.

„Wo ist denn Opa Hannes?“ Jan schob das letzte dicke Buch zurück ins Regal. Die Lesekajüte war wieder hergerichtet. Rocco und er hatten ganze Arbeit geleistet. Und nebenbei hatten sie nachsehen wollen, ob sie etwas über diesen Bohn herausbekamen. Aber bisher Fehlanzeige.

„Keine Ahnung, vielleicht Kaffee kochen oder Holz sammeln.“ Rocco fegte Sägespäne und den Rest der Scherben auf. „So sauber und ordentlich war die Werkstatt jedenfalls lange nicht.“

„Du machst aber ganz schön Wind mit deinem Besen.“ Jan zeigte auf die Staubwirbel im Sonnenlicht. „Komm, wir gehen noch mal an den Hafen, bevor Nele kommt, sonst muss ich hier gleich die ganze Zeit niesen.“

Rocco leerte die Schmutzschaufel aus und pfefferte zur Bekräftigung den Besen in die Ecke. „Los geht’s.“

Der Wind peitschte über den Deich, bald würde ein Sturm aufkommen. Roccos dunkles Sakko blähte sich, Jan hielt seine Mütze fest. „Dort ist er!“, rief Jan.

„Aber was für ein Typ steht da bei Opa?“, fragte Rocco.

Als sie näher kamen, hörten sie, was Opa Hannes sagte. „Früher waren die Deichkilometer aufgeteilt. Und auf den Inseln die Strandabschnitte. Ein Strandvogt durfte dann alles aufsammeln und behalten, was in seinem Bereich war. Holz vor allem. War ja wertvoll, besonders auf den Inseln.“

„Schöne alte Geschichten, guter Mann. Aber aktuell mal was Besonderes gefunden? Gestern zum Beispiel? Sie sagten doch gerade schon, dass Sie jeden Tag hier sind.“ Der große Mann im schwarzen Anzug hatte eine knarzige Stimme.

Jan und Rocco stellten sich daneben. Der Mann musterte die beiden, dann sprach er weiter.

„Einem Bekannten ist nämlich gerade etwas Dummes passiert. Ihm ist gestern kurz vor dem Anlegen etwas über Bord gefallen. Das müsste dann doch eigentlich hier irgendwo landen, oder?“ Der große Mann rückte seinen kleinen Hut zurecht und blickte an der Wasserkante entlang. „Und er hat wohl beobachtet, dass Kinder hier auch etwas aufgehoben haben.“ Der Fremde sah Rocco und Jan noch einmal scharf an.

Opa Hannes brummte. „Hier sammeln viele. Gibt ja auch immer was: Muscheln und Federn und Treibholz. So eine Kiste kann hier landen oder sich in einem Fischernetz verfangen. Sie kann auch von einem Boot aus rausgefischt werden. Oder jemand findet sie beim Baden. Oder sie geht einfach unter, auch wenn sie aus Holz ist, kommt das vor …“

„Baden? Hier ist doch nur Schlick?“ Der Mann wies auf das Wattenmeer, das in der Sonne glänzte.

„Sie sind wohl nicht von hier, was?“ Rocco grinste den Mann an.

„Wer hat dich denn gefragt?“

„Der Klabautermann. Hier ist Ebbe und Flut, schon mal gehört?“, entgegnete Jan.

„Ihr seid ja zwei ganz Schlaue, was?“ Der Mann verzog seinen Mund. „Und Sie haben also Fundsachen bei sich in der Werkstatt? Hatten sie doch gerade schon erzählt, bevor die Kinder kamen. Kann man die mal sehen?“

Opa Hannes wiegte den Kopf hin und her. „Immer langsam, der Herr. Ich muss hier erst noch fertig werden. Meine Werkstatt ist direkt hier hinter dem Deich. Wir können ja gucken, ob bei meinen Fundstücken etwas dabei ist. Großes, grünes Tor, steht offen, können Sie gar nicht verfehlen."

Wie ein Raubvogel sah der große Mann von einem zum anderen, dann nickte er. „Gut, bis später. Ach, und Junge?" Er sah Rocco an. „Schönes Sakko übrigens."

Dann ging er fort.

Opa Hannes bückte sich und hob ein kleines Stück Treibholz auf. „Auf Wiedersehen", quäkte er und bewegte das krumme Holz dazu wie ein Puppenspieler.

„Na, das war ja ein Typ", meinte Rocco.

„Nicht ohne, würde ich sagen." Opa Hannes zwinkerte Jan und Rocco zu. „Da ist sie, unsere Spur zur geheimnisvollen Kiste. Na los, Jungs. Hinterher!"

Jan wollte gerade etwas sagen, da hielt Opa Hannes ihn und

Rocco am Arm fest. Er deutete auf den Mann, der gerade in Schafsmist getreten war und fluchte.

„Moment. Ihr solltet dabei aber ziemlich vorsichtig sein. Der Typ ist gefährlich.“ Eine dicke Sorgenfalte zeigte sich auf Opa Hannes' Gesicht.

„Was hast du denn auf einmal, Opa?“, fragte Rocco.

Warum dachte Opa Hannes, dass der große Mann gefährlich war?

KAPITEL 8

Lauschangriff

„Habt ihr es auch gesehen? Der Herr trägt ein Messer, also Vorsicht!“, mahnte Opa Hannes.

„Ach, Opa, wir passen gut auf.“ Rocco klopfte ihm beruhigend auf den Arm.

„Genau, nur weil er ein Messer einstecken hat, muss das noch nichts heißen!“, sagte Jan, war sich aber selbst nicht so sicher. „Wir müssen trotzdem sehen, was er vorhat.“

Jan und Rocco hatten sich mit Blicken verständigt und waren dann in unterschiedliche Richtungen gelaufen. Rocco war über den Deich gehuscht, der zum Land hin steiler abfiel. Er sprang ihn mit schnellen Schritten hinunter, Richtung Werkstatt. Er würde sich gleich hinter der Hecke vor dem Grundstück verstecken und wenn der Mann zu seinem Opa kam, die beiden belauschen. Als sie noch kleiner gewesen waren, hatten Jan und er das öfter gemacht und sich den Spaß erlaubt, die Kunden mit zerplatzten Papiertüten zu erschrecken. Aber jetzt war es ernst! Rocco kauerte sich hinter die Hecke und wartete.

Jan musste vorsichtig sein. Der Mann hatte den Deich schon verlassen und schritt nun über die Mole Richtung Dorf. Aber wenn er sich umdrehte, konnte er ihn jederzeit erblicken. Jan lief geduckt hinter ihm her. Er durfte ihn nicht aus den Augen verlieren!

Plötzlich sah der dunkel gekleidete Mann über die Schulter. Jan sprang kurz hinter Mommes Bude. Ob er ihn gesehen hatte?, überlegte Jan. Aber der Mann ging weiter.

„Jan, mein Freund!“ Momme öffnete die Tür. Er wollte gerade das übrig gelassene Geschirr von den Stehtischen abräumen.

„Momme, hast du den komischen Vogel da drüben schon mal gesehen?“ Jan wusste, dass Momme in seiner Bude eine Menge mitbekam.

„Nee, kenn ich nicht. Ach, doch! Der hatte vorhin mit dem Rettungsschwimmer Ärger, als er von Bord ging.“

Jan ließ sich knapp erzählen, was passiert war.

Momme stellte zwei saubere Becher auf den Tresen. Gleich würde das nächste Schiff kommen. „Der Rettungsschwimmer war ziemlich sauer. Der hat vorhin eine Cola bei mir getrunken. Aber sonst, nee, noch nie gesehen."

„Danke!", rief Jan und rannte schon wieder los. Wohin war der Typ gegangen?

Jan stoppte an der Durchfahrt zum Dorf. Der Deich war hier unterbrochen, die Tore wurden nur bei Sturmfluten geschlossen. Atemlos sah er sich in alle Richtungen um. Dahinten war der Fremde!

Jan rannte gebückt neben einem vorbeifahrenden Reisebus her. So konnte er einige Meter gutmachen, ohne gesehen zu werden. Der große Mann blieb nun stehen und sprach in sein Handy. Jan verstand nichts. Er kletterte auf die Böschung und drückte sich hinter eine große Werbetafel. Der Mann war jetzt genau neben ihm, zwischen ihnen nur die schmale Wand. Jans Herz klopfte wie wild.

„Das ist mir egal, Bernhard. Du hörst mir jetzt mal zu. Ich versuche nämlich gerade das Porzellan zu kitten, das ihr zerschlagen habt. War ja 'ne ziemlich blöde Idee gestern, die Kiste einfach über Bord zu schmeißen! Ja, diese Bengel haben sie bestimmt gefunden. Was? Wie spät es ist? Jetzt lass das doch mal. Du mit deinem Uhrentick! Klau dir doch einfach mal 'ne Uhr. Ja. Ich melde mich."

Es folgten noch ein, zwei gemurmelte Flüche. Jan hielt den

Atem an. Sie lagen richtig. Der Typ war gefährlich. Was war nur mit der Kiste aus dem Spülsaum? Warum war sie so begehrt? Und wer war dieser Bernhard?

„Kommen Sie, mein Herr. In meiner Werkstatt hat bislang jeder etwas gefunden. Sie interessieren sich nicht zufällig für alte Kachelbilder? Hier hätte ich nämlich ein originalgetreues Abbild eines Gaffelschoners. Oder einen authentischen Sextanten aus der Seefahrerzeit ..." Opa Hannes war in seinem Element.

Rocco grinste in seinem Versteck und rieb sich vorfreudig die Hände. Die Hecke war ideal für seinen Posten. Sie zog sich einmal um das gesamte Grundstück, sodass Rocco ziemlich gut verfolgen konnte, was der Typ im dunklen Anzug und sein Opa miteinander besprachen.

Sie hatten sich aufgeteilt. Rocco lauerte hier, Nele neben dem Kachelofen und Jan vorne am Eingang beim Bushäuschen. Wenn der Typ ging, konnte er ihn, wenn nötig, schnell verfolgen. Rocco hatte Nele noch schnell vom Deich aus angerufen. Sie hatte sofort kapiert, wie immer! Sie konnten jede Hilfe gebrauchen.

„Guter Mann, ich möchte nichts von Ihrem Seetang-Plunder. Riecht das nicht sowieso alles nach Fisch?"

Rocco spähte durch eine Lücke. Der Fremde schob sein Hütchen ein Stück nach vorn und bog sich mit einem falsch klingenden Lachen nach hinten.

„Sagen Sie mal, was verschlägt Sie denn in diese Gegend, wenn Sie keinen Fisch mögen?“ Rocco war stolz auf seinen Großvater. Er konnte treffsichere Fragen stellen und sich dabei ganz harmlos anhören.

„Ja, also nee, das kann man so nicht sagen …“ Der Mann hustete auf einmal. „Was ist das da drüben eigentlich?“

Die Stimmen wurden leiser. Rocco beugte sich vor.

„Na, bist du dafür nicht schon ein bisschen zu alt? Versteck spielen? Oder Kunden erschrecken?“ Karl Pötensen beugte sich über seine Blumen und kratzte mit einer Harke zwischen den Beeten.

Rocco stellte sich gerade hin. Der Nachbar hatte ihm ja gerade noch gefehlt! „Versteck spielen? Macht nur Spaß, wenn auch einer sucht und findet. Das haben Sie ja gerade getan. Vielen Dank! Dann suche ich jetzt in der nächsten Runde. Achtung: eins, zwei, drei, vier, …!“

„Na, mal nicht unverschämt werden, mein Junge!“ Murmelnd und kopfschüttelnd ging Karl Pötensen mit seiner Harke zum Haus.

Der war geschafft, dachte Rocco erleichtert. Aber was passierte drinnen?

Er kauerte sich wieder zusammen. Keine Sekunde zu früh, denn die beiden Männer kamen gerade durch das Werkstatttor nach draußen.

„Dann danke ich Ihnen schon einmal für Ihre Mühe. Und wenn Sie etwas hören oder finden, eine Kiste zum Beispiel … Hatschi!“ Der Mann nieste so heftig, dass ihm das Hütchen vom Kopf rutschte. Nele kicherte leise.

„Gesundheit! Sie haben sich vielleicht erkältet in dem Wind. Das passiert vielen, die das raue Wetter an der Küste nicht gewohnt sind.“ Opa Hannes verbeugte sich leicht.

„Danke!“ Der Mann zog ein großes Taschentuch heraus. Dabei rutschte beinahe etwas Kleines heraus. Nele konnte es gut erkennen. Ein Schlüsselanhänger! Er hatte die Form einer Krone. Sie überlegte fieberhaft, woher sie das Zeichen kannte.

„Was soll ich noch mal machen, wenn ich so eine Kiste finde?“ Opa Hannes’ Stimme klang so, als wüsste er darauf überhaupt keine Antwort.

„Wissen Sie was? Ich komme in den nächsten Tagen einfach noch einmal vorbei!“ Der Fremde lüftete sein Hütchen und ging an Roccos Versteck hinter der Hecke vorbei.

Einige Sekunden lang war Stille. Dann pfiff Opa Hannes einmal durch die Zähne. Die Luft war rein. Nele und Rocco kamen aus ihren Verstecken.

„Wenn ich ihr wäre, dann würde ich schnell hinter ihm herflattern, um zu gucken, wo er gerade sein Nest hat", sagte Opa Hannes.

„Aye, Käpt'n."

„Weiß ich schon, Käpt'n." Nele grinste. „Der wohnt in der KRONE."

Jan war drangeblieben. Eine kurze Textnachricht von Rocco hatte ihm verraten, dass der Mann jetzt nach vorne kam. Da, auf der anderen Straßenseite war er! Jan ging zurück in Deckung in das Busstellenhäuschen. Schon wieder holte der Typ sein Handy raus. Warum musste der so viel telefonieren? Was er wohl sagte?

Da kam der Bus.

Jan lief schnell hinter das Häuschen. Sonst war niemand da. Der Bus hielt nicht an. Aussteigen wollte hier offenbar auch keiner. Dafür kam der Typ nun zu ihm herüber!

Leichter Regen hatte eingesetzt und der Mann wollte sich offenbar unterstellen. Jan hörte seine Stimme nun deutlich.

„Püppi, es ist mir egal. Deine Verwandtschaft ist mir auch egal! Wir brauchen nur die Kiste zurück, dann schnappen wir uns den Rubel und weg sind wir. In der Werkstatt hier stimmt irgendetwas nicht. Ich weiß nur noch nicht, was. Bis gleich! Ende der Durchsage!"

Wer war da am anderen Ende gewesen? Jan überlegte. Es hatte nach jemand anderem geklungen als „Bernhard" von vorhin. Wen meinte er mit „Püppi"? Er blieb starr hinter der Bushaltestelle stehen. Er durfte jetzt bloß kein Geräusch machen.

„He, du da. Komm mal raus!"

Jan zuckte zusammen. Wie hatte der Mann ihn sehen können? Was sollte er nur machen?

„Komm einfach zu mir. Ich will dich etwas fragen!"

Beinahe wäre Jan hervorgekommen. Aber da antwortete schon eine andere Stimme – vorne!

„Ja, bitte?"

Es war Rocco!

Puh! Jan atmete einmal tief durch. Er lauschte trotz des trommelnden Regens auf dem Dach.

„Kann ich dich mal was fragen?"

„Klar." Rocco klang aufgekratzt.

„Sag mal, dein Opa, ist der immer so?"

„Wie denn?"

„Na, der quatscht einem ja ein Ohr ab. Aber wirklich sagen tut er wenig. Ist vielleicht schon ein bisschen vergesslich, der alte Herr?“, fragte der Mann.

„Manchmal ein bisschen. Er hat mich schon mal für Oma gehalten.“

Jan musste sich den Mund zuhalten, sonst hätte er laut gelacht.

„Ach ja? Vielleicht kannst du mir helfen. Wäre auch eine kleine Belohnung drin.“ Die Stimme des Mannes klang lockend.

„Oh, ja? Was soll ich denn machen?“

Jan musste sich weiter zusammenreißen, um nicht loszulachen. Rocco klang wie ein Kindergartenkind, das ein Eis geschenkt bekommen sollte.

„Nun ja, wir könnten eine Abmachung treffen, du und ich. Ich suche nämlich eine Sache. Hast du vorhin ja gehört. Eine Kiste. Und ich könnte mir denken, dass dein Opa weiß, wo die ist.“

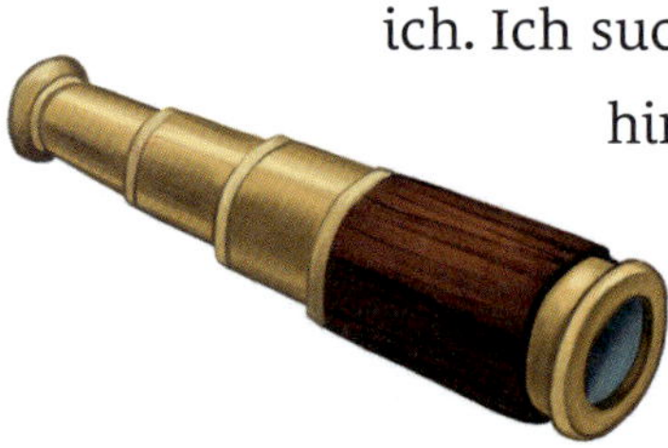

„Was ist es denn für eine Kiste?“, fragte Rocco unschuldig.

„Eine Kiste eben, die ist mir gestern ins Wasser gefallen. Hat an der Seite so ein paar Schnitzereien. Ornamente. Hatte ich ja schon am Deich erzählt, oder?“

Na, da hattest du aber noch gesagt, dass es ein Bekannter gewesen wäre, dachte Jan aufgeregt und lauschte weiter.

„Kinder sollen die gefunden haben. Warst du das vielleicht?"

„Zu meinem Opa kommen viele Kinder und bringen Sachen, die sie gefunden haben. Er gibt ihnen dafür Süßigkeiten, müssen Sie wissen. Als Belohnung."

Jan musste schon wieder ein Lachen unterdrücken. Rocco redete naiv wie ein Kleinkind.

„Und hat gestern eines der Kinder eine Kiste vorbeigebracht? Die Kiste ist ungefähr so groß. Ist nichts Besonderes. Aber weißt du …", der Mann machte eine Pause, „… ich hänge irgendwie dran. Das verstehst du doch."

„Klar."

„Gut. Dann sei doch so gut und sieh mal verschärft nach, ob dein Opa die Kiste nicht doch irgendwo hat. Vielleicht hat er die ja nur vergessen, wer weiß. Und dann bringst du sie mir. Gegen Belohnung! Und zwar was Besseres als olle Süßigkeiten. Hier ist schon mal ein Zehner. Gibt noch einmal doppelt so viel, wenn ich sie habe." Der Fremde blickte Rocco zufrieden an.

„Wird gemacht. Aber wohin soll ich denn kommen?", fragte Rocco.

„Ach richtig, ja. Wie heißt das Hotel noch mal, das am Marktplatz steht?"

„Die KRONE."

„Da bin ich. Und wenn nicht, dann wartest du, bis ich komme, kapiert?“

„Glaub schon.“ Rocco hörte sich an wie einer, der Mühe hatte, alles zu behalten.

„Fein. Dann viel Erfolg!“

Rocco rannte zurück zur Werkstatt. Jan hörte seine Schritte. Mehr aber nicht.

Konnte er auch rauskommen? War die Luft rein? Wo war der Mann? Ein Auto fuhr vorbei.

Konnte Jan sein Versteck schon verlassen?

H
MANIA

KAPITEL 9

Eine weitere Spur

Jan blieb vorerst hinter dem Bushäuschen. Er hatte die Spiegelung des Mannes in der Scheibe eines vorbeifahrenden Autos gesehen.

Erst als er knirschende Schritte hörte, die sich entfernten, kam er langsam aus seinem Versteck. Er pfiff ein paarmal wie die Austernfischer mit den roten Schnäbeln, die bei Ebbe zu Dutzenden im Wattenmeer saßen. Rocco antwortete mit derselben Melodie. Die Luft war rein. Da erklang die Melodie ein drittes Mal.

Jan sah sich um. Rocco war gemeinsam mit Nele herüber zur Bushaltestelle gekommen.

„Und?“ Nele gab ihm ein High-Five und hob dann fragend die Hand.

„Es gibt viel zu erzählen!“ Jan nahm seine nasse Mütze ab.

„Kommt, ab in die Klabauterbude!“ Rocco prüfte, ob auf der Straße gerade Autos kamen.

„Und ich darf wirklich mit in euer ‚Heiligtum‘? Habt ihr euch das auch gut überlegt?“ Nele hob den Finger und lächelte argwöhnisch.

„Na klar!“ Jan klopfte ihr leicht auf die Schulter.

Und dann rannten sie schnell durch den Regen rüber auf ihren Dachboden. Von Opa Hannes war nichts zu sehen.

„Der Typ ist ein Obergauner! Ich habe alles gehört“, begann Jan.

„Guckt mal, ich hab schon zehn Euro verdient.“ Rocco wedelte mit dem Schein und grinste. „Fürs Dummstellen. Nicht schlecht.“

„Kannst du aber auch besonders gut, finde ich.“ Jan boxte Rocco freundschaftlich gegen die Schulter.

Nele holte ihren Notizblock aus der Tasche. „Der Typ wohnt im Zimmer 12 im Hotel KRONE."

„Woher kennst du denn seine Zimmernummer?" Rocco beugte sich zu Nele hinüber.

„Ich habe seinen Zimmerschlüssel gesehen."

„Und was machen wir jetzt?" Jan legte seine Füße auf den Tisch, der eigentlich eine alte Kabeltrommel war. „Müssten wir ihm die Kiste nicht zurückgeben?"

„Der Typ verheimlicht doch etwas. Warum hat er zum Beispiel die ganze Zeit gelogen: Erst war es ein Bekannter, der die Kiste verloren hatte, aber nun will er es selbst gewesen sein. Und ist sie wirklich ins Wasser gefallen? Oder wurde sie mit Absicht reingeschmissen? Und dann das Messer im Stiefel? Das alles scheint mir doch ein bisschen sehr merkwürdig." Rocco schüttelte den Kopf.

„Und er ist nicht allein. Mit wem er wohl immer telefoniert?", fragte Jan.

„Vielleicht sehen wir uns die Kiste noch einmal genauer an?" Nele blätterte in ihrem Block. „Immerhin wissen wir ja, was diese Zeichen bedeuten." Sie fand den richtigen Zettel. „Edlef Bordelius Bohn."

Wenig später hockten sie mit Lupen und Lampen vor der Kiste. Rocco hatte sie „hinter der Welt“ hervorgeholt.

„Hat einer von euch eine Ahnung, wer das war? Edlef Bordelius Bohn?“ Rocco sah die anderen an.

„Keine Ahnung. Bestimmt kriegen wir das raus, wenn wir uns die Kiste noch mal genau vornehmen.“ Jan beugte sich noch tiefer über die Kiste. „Die Wörter sind hineingebrannt worden. Was immer der Name zu bedeuten hat: Das hat jemand nicht erst gestern gemacht. Die Zeichen sind auch alle so altmodisch geschwungen. Sogar die normalen Buchstaben.“ Jan zeigte noch einmal auf das „Edlef Bordelius Bohn“.

Nele nahm eine der herumliegenden Taschenlampen und leuchtete ein weiteres Mal genau in die Kiste. Ringsherum waren einige kleine Wale und Schiffe ins Holz geschnitzt. Aber da war noch etwas!

„Seht! Habt ihr mal einen Bleistift?“ Nele streckte die Hand aus.

Rocco zog schnell einen aus der Innentasche seines Sakkos hervor. „Was willst du denn damit?“

„Lass mich mal machen ...“ Nele riss ein Blatt Papier von ihrem Block und legte es an die Innenseite der Kiste. Mit dem Bleistift malte sie die Einkerbungen nach. „Aha! Dachte ich mir doch, dass es funktionieren würde!“

Was hatte Nele entdeckt?

6 – 80 + 20 + 15 = x
7 · 20 – 50 + 13 = y
SEEKISTE
LEER
WAL

KAPITEL 10

Die Legende der Walfänger

„Hier steht Tilde. Darüber haben wir mal in der Schule gesprochen, das war ein Schiff. Bestimmt das Schiff, auf dem dieser Edlef gefahren ist."

„Bingo." Rocco erhob sich. „Wir müssen wissen, was das für ein Schiff war. Dann kriegen wir vielleicht auch raus, was die anderen Zeichen zu bedeuten haben."

Nele gab ihm den Bleistift zurück. „Und wen fragen wir das?"

Rocco knipste die Lampe aus. „Jan kennt jemanden, der sich mit altem Kram sehr gut auskennt."

„Die Tilde? Na, das ist doch eine Legende." Jans Vater schob sich die Brille auf die Stirn. „Ein legendäres Walfängerschiff, das vor über 200 Jahren fuhr." Er blickte Nele, Jan und Rocco an. „Aber wo ihr den Namen gehört habt, wollt ihr nicht erzählen?"

Schweigen. Hark Godbersen lächelte seinen Sohn und dessen Freunde an.

Rocco sah einmal zu Nele und Jan. Beide nickten. Dann holten sie die Kiste aus Jans Zimmer, wo sie sie zuvor versteckt hatten.

„Bitte. Hier stehen die Zeichen." Nele zeigte auf den Namen an der Seite.

„Aha, das wird ja immer interessanter." Jans Vater hatte auf einmal eine große Sorgenfalte zwischen den Augenbrauen. „Diese Kiste kenne ich, über die stand heute sogar etwas in der Zeitung. Denn sie ist aus dem Heimatmuseum auf Borksand gestohlen worden, wie mir ein Freund kürzlich schon am Telefon erzählte", erklärte er und sah sie argwöhnisch an.

„Was ihr hier habt, ist eine sogenannte Friesentruhe oder auch Walfängerbox. Seht mal: Diese Schnitzereien sind vereinfachte Fische und Wale. Man braucht ein bisschen Fantasie, um sie zu erkennen. Am Boden findet ihr übrigens weitere Zeichen." Er deutete darauf. „In so einer Kiste haben die Grönlandfahrer ihre Schätze aufbewahrt. Sie lagen in den großen Seekisten unter der Kleidung."

„Und die hier gehörte Edlef Bordelius Bohn." Nele zeigte auf die erste Zeile der Schriftzeichen.

„Richtig, Nele", stimmte ihr Jans Vater zu.

„Und wer war das?“, wollte Rocco wissen.

„Dazu komme ich gleich.“ Hark Godbersen stand auf. Jan kannte das schon. Sein Vater war mitten in der Geschichte, das wollte er auskosten. Wann wurde er schon einmal so etwas gefragt?

„Auf den Walfängern gab es eine klare Hierarchie. Die Kommodores waren die Steuerleute. Sie waren wichtiger und höher angesehen als einfache Matrosen.“

„Klar“, meinte Jan.

„Genau, Jan. Klare Sache. Nur noch der Kapitän und der erste Offizier und natürlich die Harpuniere waren ebenso hoch oder höher gestellt. Die Kommodores aber bewahrten in ihren Kisten“, er zeigte erneut auf die Walfängerbox, „manchmal einen Teil der Heuer, den Lohn der Seeleute, auf. Sozusagen als Sparkasse an Bord.“

„Und diese Kiste hat diesem Bohn gehört?“, warf Jan ein.

Hark Godbersen hob den Zeigefinger wie ein Schüler in der ersten Klasse. Jan musste grinsen, sein Vater war in seinem Element: über alte Sachen reden.

„Das war aber nicht irgendeiner. Diese Kiste gehörte dem Seefahrer Edlef Bordelius Bohn, geboren 1756 auf Borksand, gefahren auf holländischen Walfängern, reich geworden auf der legendären Brigg Tilde und 1790 zurückgekehrt auf seine Heimatinsel. Dort gestorben mit 82 Jahren. Aber das ist noch nicht alles!“ Das Gesicht von Jans Vater leuchtete.

Er ging zurück zu seinem Schreibtisch und blätterte in seinen Papierhaufen. Dann zog er ein dickes Buch aus einem Stapel, aus dem ein Zeitungsartikel herauslugte. Er nahm ihn aus dem Buch und faltete ihn auf. „Seht ihr, es ist eindeutig dieselbe alte Kiste wie in dem Geschichtsbuch hier. Und die ist sogar berühmt, denn sie hat mit einer alten Seefahrerlegende zu tun."

Jans Vater hielt ihnen das Buch und den Artikel vor die Nasen. „*Wo ist die Kiste des ‚reichen Edde'? Wertvolles Objekt aus Heimatmuseum verschwunden*", lautete die Überschrift.

Jan war die Lehrstunde seines Vaters ein bisschen peinlich. Aber Nele und Rocco störten sich anscheinend nicht daran.

Jan nahm die Kiste. „Wieso heißt er ‚reicher Edde'?"

„Genau das ist die Legende. Einige Heimatforscher haben Edlef Bohn den Schatz der Friesen, genauer gesagt, der Seefahrergilde, angedichtet."

„Den was?" Rocco wurde es langsam zu viel. Auch der kleine Raum mit den vollgestopften Regalen schien ihn plötzlich zu erdrücken.

„Die Ersparnisse der gesamten Walfänger der Jahre 1775 bis 1782. Die Schriften berichten von märchenhaften Walbeständen in diesen Jahren. Die Seefahrer der Tilde kamen nach dieser Zeit als reiche Männer zurück nach Friesland. Mit Gold, das sie als Lohn bekommen hatten", erklärte Hark Godbersen.

„Und Edlef Bohn hat das aufbewahrt?" Rocco war auf einmal wieder hellwach.

„Und zwar in dieser Kiste hier.“, stellte Jan fest. Er sah seinen Vater an. Der nickte.

„Irre!“, rief Nele.

„Aber das ist nur altes Seemannsgarn, Kinder“, seufzte Jans Vater.

Durch das Fenster hörte man die Nachmittagsfähre tuten.

„Herr Godbersen, was bedeuten denn nun die anderen Zeichen im Boden der Kiste?“, wollte Nele wissen.

Jans Vater wiegte seinen Kopf hin und her. „Nun, Nele, das ist auch für mich nicht ganz einfach. Genau das ist es ja: Viele vermuten, dass es verschlüsselte Hinweise zum Schatz der Friesen sind.“

„Die Kiste ist also eine Schatzkarte?“ Rocco stand auf.

Hark Godbersen lächelte. „Kann sein. Kann auch nicht sein. Das weiß leider niemand. Im Heimatmuseum und auch hier auf dem Festland hat man sie lange untersucht. Der alte Bonnichsen tat das zum Beispiel, aber den kennt ihr ja gar nicht mehr.“

„Eine Schatzkiste, die selbst eine Karte ist.“ Jan schüttelte den Kopf. „Verrückt.“

„Und niemand hat die Zeichen bisher richtig entschlüsselt?“ Rocco sah Jans Vater an. Der zuckte mit den Schultern.

Nele klatschte in die Hände. „Dann wird es ja höchste Zeit für die Küstencrew!“

An diesem Abend wehte der Westwind die späte Fähre ein paar Momente früher an den Anleger als sonst.

Nele, Jan und Rocco waren nach Hause gegangen, die Köpfe voller Gedanken. Jan sah aus seinem Fenster, wie Nele drüben in der Bäckerei ihren Eltern beim Aufräumen half.

Am Abend schrieben sich die drei mit ihren Handys in einer Chat-App hin und her. Viele ungeklärte Fragen beschäftigten sie:

Sollten sie die Kiste abgeben? Oder den fremden Mann weiterverfolgen? Oder womöglich sogar die Polizei informieren, wo der Kistendieb saß – in der KRONE nämlich? Und was bedeuteten wohl die Zeichen im Boden? Besonders Nele zerbrach sich darüber den Kopf.

Jans Vater hatte am Ende noch gesagt, er werde ihnen die Entscheidung überlassen, was zu tun wäre. Zumindest bis morgen.

Aber was war denn zu tun? Die drei Freunde diskutierten und überlegten lange. Bei einer Sache waren sie sich jedoch einig: Ab jetzt würden sie als „Die Küstencrew" unterwegs sein.

Ose bestellte an diesem Abend ein weiteres Gedeck im POTTWAL. Rolf Asmussen hatte ihr zuvor bereits Sauerfleisch und Bratkartoffeln gebracht, die der Koch Nyu Yen auf traditionell friesische Art zubereitete. Er war früher mit Rolf zusammen zur See gefahren und kam aus Vietnam.

Rolf stellte Nyu Yen eine Cola in die Durchreiche, wie jeden Abend. Dann überblickte er die Gaststube, auch Oses Tisch.

Rolf starrte nicht. Das hatte sich Roccos Vater über die Jahre abgewöhnt. Er sah alles, aber ohne dass man es selbst bemerkte.

Er konnte zum Beispiel sehen, dass diese junge Frau hier irgendwie fremd und doch vertraut war. Sie hatte erst schmunzelnd die Lokalzeitung durchgeblättert. Dann blickte sie sich um und grinste ab und zu. Sie kam ihm sogar ein wenig bekannt vor, ohne dass er sagen konnte, woher.

„Ist nicht viel los hier, an so einem Freitagabend, was?“ Sie lächelte ihm knapp zu, als er ein neues Getränk brachte.

„Kommt meistens noch. Hier an der Küste können die Nächte lang werden“, erwiderte Rolf.

„Weiß ich, bin ja von hier.“ Sie lachte auf. Es klang irgendwie nervös, fand Rolf.

Die Tür schwang auf. „Moin.“

„Moin, Momme.“ Rolf nahm ein großes Glas und schenkte Apfelschorle ein.

Was dann geschah, überraschte ihn. Die junge Frau und Momme fielen sich in die Arme.

„Ose!“

„Hallo! Da bist du ja.“

Rolf sah nur kurz auf, bis er ein weiteres Glas hervorholte und Limonade eingoss. Der Name Ose kam ihm auch irgendwie bekannt vor.

Die Außentür ging erneut auf.

„Rocco! Ist was passiert?“, fragte Rolf.

Rocco grinste verlegen. „Nee, ich dachte nur, ich krieg vielleicht noch ein Eis von Nyu Yen, so zum Wochenende?“

Sein Vater lachte und rief dem Koch die Bestellung zu. Rocco setzte sich auf einen der Barhocker. „Noch nicht viel los.“ Auch er sah sich im Gastraum um. Da saß Momme! Gerade wollte Rocco den Namen rufen, da legte ihm sein Vater die Hand auf den Arm. „Nicht die Gäste stören. Weißt du doch.“

Rocco nickte, sah sich aber doch noch einmal um. Hatte er die Frau nicht schon mal gesehen?

Aber dann kam auch schon das Eis. Nyu Yen brachte es ihm persönlich aus der Küche. „Einmal wie immer, Rocco!“

„Danke, Nyu Yen. Lass dich nicht ärgern vom Mann hinter dem Tresen.“ Rocco zeigte auf seinen Vater und zwinkerte dem Koch zu.

„Von dem? Auf keinen Fall!“ Nyu Yen verschwand lachend hinter der Küchentür.

Rolf aber interessierte sich nun auch dafür, was Momme und seine Begleiterin an ihrem Tisch machten.

„Guck mal, ich habe etwas mitgebracht, Ose.“ Momme schob ein dickes Buch über den Kneipentisch.

„Fotos!“ Ose klappte es auf.

Was die beiden beredeten, verstand er nicht. War auch besser so. Das hatte er über die vielen Jahre hinter dem Tresen gelernt. Man sollte zwar immer ein offenes Ohr haben, aber verstehen musste man deshalb noch lange nicht alles.

Auch Rocco drehte sich um und sah hinüber zu den beiden. Plötzlich packte ihn die Neugier. Er schlenderte unauffällig an Momme und seiner Begleiterin vorbei und schielte dabei auf deren Tisch. Und auf einmal wusste er, woher sich die beiden kannten.

Welchen Hinweis sah Rocco auf Mommes und Oses Tisch?

Familie Bonnichsen
BREEKSIEL
23. MAI

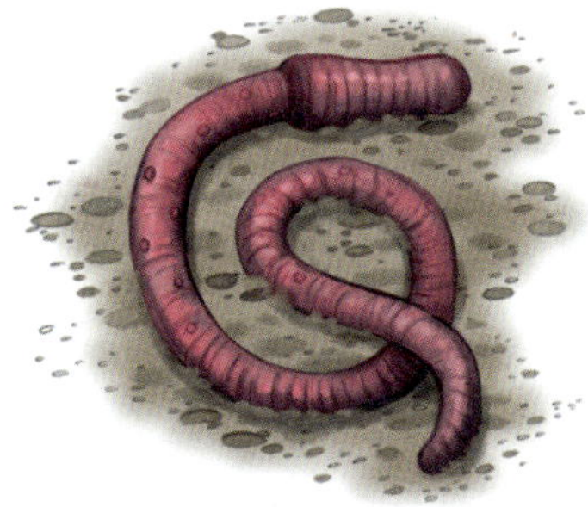

KAPITEL 11

Begegnung am Büfett

Aber natürlich! Ose und Momme waren Geschwister. Rocco hatte es anhand der Weihnachtspullis mit den Anfangsbuchstaben ihrer Vornamen deutlich erkannt. Schnell schrieb er Nele und Jan eine Nachricht. Dann winkte er seinem Vater. „Gute Nacht."

„Gute Nacht, mein Junge. Und mach nicht mehr so lange!" Rolf winkte mit dem Geschirrhandtuch zurück.

„Und, wie lautet eure Entscheidung?" Jans Vater linste über die aufgeblätterte Zeitung. Es war noch früh am Samstagmorgen. Jan kam mit zerzausten Haaren in die Küche, er hatte unruhig geschlafen.

„Kann ich noch nicht sagen“, murmelte er.

„Okay. Und was heißt das?“ Hark Godbersen ließ die Zeitung rascheln.

„Kann ich noch nicht sagen“, wiederholte Jan müde.

Er trank ein Glas Wasser, dann verschwand er wieder. Er konnte nichts sagen, aber er wusste genau, was sie tun würden: dem fremden Mann die Kiste geben. Und dann sehen, was passierte. Nele, Rocco und er hatten es gestern so abgemacht.

Im schlechtesten Fall würde der zwielichtige Typ einfach abhauen. Dann konnte man nichts machen. Aber es würde für die drei ein bisschen Ärger geben von dem Heimatmuseum auf Borksand.

Aber wenn nicht, was würde dann passieren? Jan rieb sich die Hände. Genau das wollten sie herausfinden.

Rocco war schon fertig. Der Regen war in der Nacht noch stärker geworden. Die Tropfen auf dem Dachfenster hatten ihn beruhigt und dann schnell einschlafen lassen. Er zog sein Sakko über und ging hinaus.

Er klappte aus Gewohnheit den Briefkasten auf. Ein Brief – an ihn! Rocco erkannte die Handschrift sofort. Er war von seiner Mutter. Es kribbelte warm in seinem Bauch. Aber jetzt war nicht der richtige Zeitpunkt. Er steckte ihn in die Innentasche seines Sakkos.

Jan wartete vorne an der Straße. Sie klatschten sich wortlos ab.

Nele konnte nicht mitkommen. Sie musste auf ihre kleinen Geschwister aufpassen. Samstags war in der Bäckerei immer besonders viel los.

Bis zur KRONE war es nicht weit. Jan und Rocco schlossen ihre Fahrräder nebeneinander an zwei Laternenpfähle am Marktplatz.

„Na, dann mal los!“ Jan drückte den Rücken durch, Rocco strich seine Haare nach hinten.

Sie hatten Glück. Am Empfang des Hotels war niemand. Am Vorabend waren Jan und Nele schon einmal hier gewesen. Sie hatten die gestresst wirkende Dame am Empfang gebeten, eine Holztruhe für die Überraschungsparty ihrer Oma in den Gepäckraum stellen zu dürfen. Die Dame war gerade am Telefon gewesen – es gab wohl ein Problem mit einem erbosten Gast – und hatte nur zerstreut genickt und auf die kleine Abstellkammer hinter dem Empfangstresen gewiesen.

Nachdem sie die Kiste hervorgeholt hatten, überlegten Rocco und Jan, wo sich der große Typ mit dem zu kleinen Hut aufhalten könnte.

„Der ist bestimmt schon im Frühstücksraum“, meinte Rocco.

„Dann los.“ Jan gab Rocco einen kleinen Schubs. Er traute sich nicht, selbst als Erster durch die Tür in den Seitentrakt zu gehen.

„Guten Morgen." Eine junge Frau in Uniform grüßte sie. Sie blickte auf die Kiste, welche die beiden zwischen sich trugen, verlor aber kein Wort darüber. „Welche Zimmernummer?"

„Welche Zimmernummer? Drei und vier. Sind unsere Eltern schon da?" Jan lächelte wie ein Sonntagsschüler.

„Ich denke nicht. Möchtet ihr hier drüben sitzen?"

„Gern."

Die junge Frau hatte den beiden Freunden einen Tisch am Fenster zugeteilt. „Kaffee darf ich sicher nicht bringen, oder? Einen Kakao vielleicht?"

„Ja, bitte", antwortete Jan.

„Für mich gerne einen Cappuccino." Rocco grinste. „Und wo sind die Brötchen?"

„Hier drüben, beim Büfett." Die junge Frau verschwand.

„Cool, so kommen wir kostenlos an ein super Frühstück!" Jan stand auf. „Natürlich nur, solange unsere Eltern noch nicht aus den Zimmern drei und vier aufgestanden sind."

Rocco prustete in eine Serviette, die auf dem Tisch lag. „Na, dann los! Vielleicht sehen wir gleich unseren Verdächtigen!"

Aber erst einmal beluden sie ihre Teller.

„Guck mal, hier gibt es Eier, die sind noch ganz warm. Und Rührei", staunte Jan.

„Und Fisch!", fügte Rocco an. „Möchten Sie vielleicht einen Maracujasaft, Herr Graf?"

„Nein, Herr Baron, ich bevorzuge die Marmelade auf meinem Minicroissant, hat mir der Arzt verschrieben."

„Mit Rührei?"

„Aber ganz gewiss. Und mit Salz!"

Ihre Teller waren ziemlich voll, als sie zum Tisch zurückkamen. Dort dampften schon ein Becher Kakao und eine Tasse Cappuccino. Rocco holte noch zwei Brötchen aus der Tasche seines Sakkos, die nicht mehr auf den Teller gepasst hatten. „Guten Appetit, Herr Graf!"

„Gleichfalls, mein lieber Baron. Und nicht kleckern!"

Jan holte sich noch zweimal nach, Rocco belegte sein drittes Brötchen mit Räuchermakrele und Lachs.

„Darf es noch ein Getränk sein für die jungen Herren?" Die junge Frau war wieder da.

„Nein, aber sagen Sie, unser Onkel macht heute einen Ausflug mit uns. Unsere Eltern dürfen mal ausschlafen. Ist er schon wach?"

„Welche Zimmernummer hat er denn?"

Rocco lächelte zuckersüß. „Nummer zwölf. Er ist ziemlich groß und trägt sehr gerne schwarze Anzüge."

Jan strahlte die Kellnerin ebenfalls an. „Unser Lieblingsonkel! Mit einem zu kleinen Hut!"

Die junge Frau zeigte Richtung Büfett, hinter die Plastikpalmen, die ihnen die Sicht verdeckten. „Ich glaube, der gesuchte Onkel sitzt dort drüben. Soll ich ihm sagen, dass ihr hier seid?"

„Nein, das soll eine Überraschung werden“, sagte Rocco schnell, ein Stück Makrele fiel von seinem Brötchen.

„Gut“, die Kellnerin lächelte. „Wenn noch etwas ist, sprecht mich ruhig an.

„Sicher, und vielen Dank!“ Jan verbeugte sich sogar ein bisschen.

Rocco unterdrückte ein Lachen.

Kurz darauf hatten sie aufgegessen. Rocco wischte sich den Mund ab, Jan trank den letzten Schluck Saft. Dann erhoben sie sich. Es wurde Zeit. Und es wurde ernst.

„Guten Morgen.“ Roccos Stimme klang ein bisschen höher als gerade eben noch, stellte Jan fest. Er stand mit geradem Rücken vor dem Tisch des dunkel gekleideten Mannes.

„Ach, guck mal. Ja, guten Morgen, die Herren. Wünsche, wohl geruht zu haben.“ Der Fremde setzte seine Kaffeetasse ab. „Ihr habt mich also gefunden. Wie schön.“ Er richtete sich auf und legte die Zeitung zur Seite. „Und?“

„Wir hätten da etwas für Sie!“ Rocco trat zur Seite und gab den Blick auf die Holzkiste frei, die Jan und er auf den Boden gestellt hatten.

„Ja, da schau her. Ist das zu fassen? Hatte der Herr Opa das Ding doch? Und du hast es ihm mitten in der Nacht unter dem Kopfkissen entwendet? Hm?“

„Berufsgeheimnis.“ Rocco schob sich eine lange Strähne aus der Stirn.

„Gut, Junge.“ Der Mann holte seine Brieftasche heraus. „Wie versprochen.“ Er reichte Rocco den Schein. „Du kriegst davon bestimmt auch etwas ab, oder? Das müsst ihr unter euch klären, Freunde.“ Der Mann zeigte auf Jan.

Der winkte ab. „Wenn noch mal etwas angespült wird, brauchen Sie das dann auch?“ Jan lächelte scheinheilig. Er wollte mal sehen, was passierte.

„Was? Nein. Nee, das nicht.“ Der Typ konnte sein Lachen nicht bremsen. „Du bist lustig, Junge. Überhaupt, ihr beide solltet …“

Aber er kam nicht mehr dazu, zu sagen, was sie beide seiner Meinung nach sollten. Denn eine Frau und ein schmaler Mann traten an den Tisch.

Rocco erkannte die Frau sofort. Die Schwester von Momme! Was machte die denn mit dem Typen hier?

„Entschuldigung, kann mir jemand sagen, wie spät es ist? Tolek, du vielleicht?“ Der schmale Mann sah von einem zum anderen, dann blieb sein Blick an der Kiste hängen. „Oh!“

„Ja, genau, ‚oh‘, und nun kommt mal in die Hufe, ihr beiden. Das ist hier kein Sonntagsausflug, Bernhard! Ose, setz dich und futter dein Müsli. In zehn Minuten starten wir. Und bring deine Landkarte mit. Wir treffen uns vorne.“ Dann stand er auf. Anscheinend hatte er ganz vergessen, dass Rocco und Jan immer noch daneben standen. Jetzt bemerkte er seinen Fehler.

„So. Und ihr verschwindet. Verstanden!“ Er bellte es durch

den Frühstückssaal. Der jungen Kellnerin verrutschte eine Tasse auf dem Tablett. Sie war gerade an den Tisch gekommen, um Ose und Bernhard nach ihren Getränkewünschen zu fragen.

Rocco und Jan gingen um die Rathausecke herum. Hier war der Durchgang zu den Schulgärten. Weiter drüben läutete die Kirchenglocke.

„Wir müssen dranbleiben.“ Jan setzte sich auf einen Zaunpfosten. Von hier aus hatte er einen guten Blick auf das Hotel KRONE.

„Blöd, dass wir zu zweit drinnen waren. Jetzt kennen sie uns beide.“ Rocco überlegte kurz. „Nele könnte ihnen folgen. Ich schreibe ihr. Vielleicht kann sie sich von zu Hause loseisen!“

„Sieh mal, jetzt kommen sie raus!“ Jan sprang vom Pfosten und duckte sich neben seinem Freund an die Wand im Durchgang.

„Das ist das Pärchen, jetzt fehlt nur noch der komische Typ!“

„Wie kommen wir dichter an sie ran?“ Rocco sah sich um. Ein Lastenfahrrad lehnte an der Ecke. „Komm, das borgen wir uns mal aus.“ Abgeschlossen waren hier die wenigsten Räder.

Sie mussten jetzt schnell sein. Rocco zog Jan am Ärmel. Der

hatte noch nicht ganz verstanden. Er gab Jan ein Zeichen, dann kletterte er vorne hinein, das dunkle Verdeck ließ er halb offen.

Jan hatte endlich begriffen. Er sah sich kurz um. Wem das Fahrrad gehörte? Vielleicht jemandem, der in der Apotheke war. Aber das war jetzt unwichtig!

Er klappte den Fahrradständer ein, dann schwang er sich auf den Sattel. Ui! Das Ding war schwerer in Bewegung zu setzen, als er gedacht hatte.

Das Pärchen wartete immer noch vor der KRONE.

„He!“ Hanna kam aus der Apotheke gerannt. „Das ist mein Rad!“

Jan machte ein paar Gesten, so gut er konnte. Er würde sie gleich anrufen und alles erklären. Das musste jetzt reichen. Sauer war Hanna trotzdem, das konnte er sehen. Sie lief noch ein, zwei Schritte hinter ihnen her, dann blieb sie stehen.

Autos fuhren vorbei, danach ein Lieferwagen und vorne kam ein Bus. Jan musste sich ziemlich konzentrieren. Dann fuhr er zweimal rechts, sodass er langsam wieder der KRONE näher kam. Im Eiscafé zwei Häuser weiter war schon viel los.

Jan wartete ab, bis im Gegenverkehr eine Lücke auftauchte, dann wechselte er nach links auf den Bürgersteig. Was jetzt?

Rocco hielt ganz still in der Kiste. Jan schoss ein Gedanke

durch den Kopf. Das war es! Auf eine bessere Idee konnte er jetzt nicht mehr warten. „Ich stell dich vor der KRONE ab“, flüsterte er in Richtung Kiste.

Ein Klopfen war Roccos Antwort, er war einverstanden.

Jan schob das Lastenrad langsam auf das wartende Pärchen zu, der dunkel gekleidete Mann war immer noch nicht aufgetaucht. Es war riskant, aber es musste sein, wenn sie die Spur nicht ganz verlieren wollten!

Jan holte, kurz bevor er das Pärchen passierte, sein Handy aus der Tasche. „Ja, Mama, bestimmt. Mach ich!“ Er stellte das Fahrrad direkt vor die KRONE und beachtete das Pärchen scheinbar nicht. „Ja, ich komme sofort. Und deinen Tee kaufe ich jetzt auch noch. Nein, ich habe meine Hausaufgaben nicht vergessen. Und Omas Wundsalbe auch nicht. Ich gehe sofort los, du kannst dich darauf verlassen.“

Jan quatschte weiter, dazu wedelte er mit der anderen Hand, als würde er sich sehr ärgern. Er ging bis zum Optiker an der Ecke, der Hannas Vater war, und verschwand im Eingangsbereich.

Das Pärchen hatte offenbar keinen Verdacht geschöpft. Bernhard zeigte nur lachend mit der Hand auf ihn.

So. Jetzt musste es nur noch klappen, dachte Jan.

Rocco fiel es zunehmend schwerer, sich nicht zu rühren. Als Jan noch mit dem Rad gefahren war, hatte er sich so gut es ging festgehalten. Ganz schön unbequem, so ein Ding!

Er konnte nichts von dem verstehen, was die da draußen sagten. Vielleicht sprachen sie gerade gar nicht? Rocco traute sich nicht, die dunkle Plane anzuheben. Sie würden ihn sicher bemerken!

Aber sein Handy! Rocco öffnete die Kamera-App und hielt es an die winzige Lücke.

„Könntest du mir wohl einmal die Uhrzeit sagen?"

„Jetzt lass mal den Stuss, Bernhard." Rocco erkannte die Stimme des Mannes, den sie vorhin Tolek genannt hatten. „Ihr seid mir schon ein tolles Paar. Ein Uhrendieb und eine Taschendiebin. Wenn ihr wenigstens gut wärt. So. Ich esse jetzt diese Banane, und ihr erklärt mir, wie es weitergeht."

Rocco sah, dass sie dicht beieinanderstanden. Die Stimmung zwischen den dreien schien plötzlich gereizt zu sein.

Ose trippelte hin und her. Plötzlich stolperte sie. „Hoppla!" Sie stieß gegen Tolek.

„Pass doch auf!", murrte dieser.

Aber was war das? Ose ließ sich wohl nichts gefallen! Rocco hatte es auf seinem Handy-Bildschirm genau gesehen.

Ose ist sehr gewieft – woran hat Rocco das erkannt?

Hotel

KAPITEL 12

Verfolgungsjagd

„Hast du Hunger, Tolek?“ Ose lachte gehässig.

„Was? Das ist ja meine.“ Tolek riss ihr die Banane aus der Hand.

„Na, wer ist hier eine schlechte Taschendiebin?“ Sie lächelte triumphierend.

Tolek beugte sich wütend zu ihr hinüber. „Jetzt mal Schluss mit den Mätzchen. Nun erzähl! Und zwar im ICE-Tempo. Bis ich mit dieser Banane fertig bin, will ich alles wissen. Vor allem, wo wir jetzt hinmüssen mit der Holzkiste, die wir von den beiden Rotznasen haben.“

Rocco spürte, wie ihm das Blut in den Kopf stieg. Aber er hielt still.

„Sind die noch mal aufgetaucht? Die sind gar nicht so dämlich, wie sie aussehen“, fügte Tolek an.

„Der eine ist noch mal vorbeigeschossen, hatte Ärger mit Mama. Und mit Oma. Musste schnell nach Hause. Haha." Bernhard lachte keuchend.

„Also, Ose. Ich höre!" Tolek biss ab und schabte unruhig mit seinen Schuhen über den Gehweg.

„Es ist so. Ich habe es ja schon im Heimatmuseum erklärt: Die Kiste gehörte Edlef Bordelius Bohn. Und der hat auf das Gold der Seefahrer vom Schiff Tilde aufgepasst. Das hat man aber nie gefunden. Im Boden hier, diese Zeichen, das sind Zahlen, man muss nur draufkommen ...", eine Pause entstand, „die sind eben verschlüsselt. Mein Vater hat das herausbekommen, aber niemand hat es ihm geglaubt."

„Noch zwei Bissen, dann bin ich mit der Banane fertig, Ose. Tempo."

„Die Zahlen sind Liedernummern aus einem alten Kirchengesangbuch. Das hatte der Bohn bei sich zu Hause. Und später eben mein Vater. Auf den Seiten der Lieder standen am Rand noch weitere Zahlen."

„Komm zur Sache, Mädchen", drängte Tolek.

„Koordinaten für eine Schiffsposition."

„Und das hat keiner kapiert? Wo die doch alle so tolle Seeleute waren?" Bernhard schüttelte den Kopf.

„Anscheinend. Aber die genannte Position liegt gar nicht auf See. Oder auf Borksand, wie viele immer dachten", erklärte Ose.

„Sondern hier in diesem Nest, das sagtest du ja neulich

schon. Ich liebe diese Piratengeschichte. Aber nun spuck endlich aus, wo wir hinmüssen." Tolek lachte freudlos.

„Hier entlang." Ose zeigte in Richtung Friedhof.

„Dann mal los. Und immer schön unauffällig, ihr beiden. Hier sind Sonnenbrillen und ein Naturführer, dazu ein Fernglas. Wir sind Touristen, also schön schlendern und seltene Vögel beobachten, hört ihr?" Tolek warf seine Bananenschale auf den Gehweg.

Rocco hörte, wie sich Schritte entfernten.

„Guck mal, hier ist das Rad, Hanna. Oder? Ist doch deins?", rief Nele.

„Ja, klar. Weit ist Jan mit dem Rad ja nicht gekommen", antwortete Hanna. „Was er wohl damit wollte?"

Plötzlich sprang Rocco aus seinem Versteck. „Buh!"

„Ah! Rocco!" Nele machte einen Satz zurück und stieß gegen Hanna. „Was zum Teufel machst du da drin?"

Inzwischen war auch Jan aus seinem Versteck beim Optiker gekommen. „Entschuldige, dass ich das Fahrrad eben ausborgen musste. Es war wirklich dringend."

Nele boxte ihm auf den Arm. „Hat mit der Kiste zu tun, oder? Warum habt ihr mir nicht Bescheid gesagt?"

„Sind deine Geschwister jetzt allein zu Hause?“ Rocco wischte sich eine Strähne aus dem Gesicht.

Nele schüttelte den Kopf. „Nein, die sind bei Oma, sie freut sich total, ihre Enkel zu sehen.“

„Was ist an einer Kiste denn so geheimnisvoll?“ Hanna richtete die Plane am Fahrrad so sorgfältig wie die Decke eines Bettes.

„Ist leider schwer zu erklären …“ Rocco sprach langsam und überlegte währenddessen, was jetzt das Richtige wäre. Er reckte seinen Hals. Noch konnte er die Dreiergruppe sehen. Er machte einen Schritt auf Nele zu. Und auch Jan zog er zur Seite. „Wir müssen hinterher. Schnell.“

„Habt ihr denen die Kiste gegeben? Und jetzt wollt ihr sie verfolgen?“, fragte Nele gespannt.

Die Jungs grinsten. Genau so war es. „Bist du dabei?“

„Klar.“

„Was ist das hier für eine Sache?“ Hanna sah von der Plane ihres Lastenrads auf.

„Eine Jetzt-Sache!“ Rocco schob sich eine Haarsträhne aus der Stirn.

„Dann bin ich auch dabei!“, rief Hanna.

Wenig später surrten zwei Räder durch die Herrgottsallee Richtung Friedhof.

„Da sind sie. Oder nicht?“ Nele ließ ihr Fahrrad rollen.

„Doch.“ Jan war außer Atem. Sie waren schnell gefahren, und er hatte ihr nebenbei das Wichtigste erzählt. „Warte, noch nicht um die Kurve, sonst könnten sie uns sehen.“

Vor ihnen schlenderten drei Gestalten. Die größte trug die Kiste in den Armen, als wäre sie leicht wie eine Vogelfeder. Die schmale hob alle paar Augenblicke das Fernglas an die Augen und suchte etwas in den Bäumen. Und die Frau in der Glitzerjacke trottete mit einem Schritt Abstand hinterher.

„Wo wollen die denn hin?“, wunderte sich Jan.

„Wie heißen die überhaupt?“, fragte Nele.

„Tolek, das ist der Große mit dem dunklen Anzug. Bernhard ist der dünne Typ mit dem Fernglas. Und die Frau heißt Ose, das hatte Rocco uns ja schon mal geschrieben.“

„Kennst du sie?“, fragte Nele.

Jan schüttelte den Kopf. „Nee. Los, weiter!“

Die vier hatten sich aufgeteilt. Nele und Jan blieben mit ihren schnellen Fahrrädern an den Gaunern dran.

Rocco und Hanna hatten das Lastenrad übernommen. Damit ging es nicht ganz so schnell. Und Roccos altes Rad von Opa Hannes wäre auch keine große Hilfe gewesen.

„Haltet uns auf dem Laufenden!“, hatte Rocco Nele und Jan noch hinterhergerufen.

„Auf dem Rollenden!“

„Und wenn wir vielleicht doch zur Polizei gehen?“ Hanna sah Rocco prüfend an.

Dem kroch auf einmal ein Schauer den Rücken hinunter. „Nein.“ Er schüttelte sich, dann grinste er Hanna an. „Noch nicht. Steig ein. Diesmal fahre ich!“

„Rocco! Ist Jan nicht bei dir?“ Hark Godbersen rief über die Straße und winkte. Neben ihm ging ein Mann im Anzug mit einer Aktentasche. Sie kamen zu ihnen herüber.

„Das hier ist Herr Professor Doktor Arnkiel.“

„Guten Tag, junger Mann, Fräulein!“ Er tippte gegen seine Hutkrempe.

„Moin.“ Rocco nickte nur kurz.

„Ihr hattet also von der Walfänger-Schatulle Kenntnis erhalten?“

„Wie bitte?“ Rocco kratzte sich am Ohr.

„Ihr habt doch die Kiste gefunden, Rocco. Das habe ich dem Professor erzählt. Wo ist denn Jan nun eigentlich?“ Hark Godbersen sah hinter die beiden, als müsste dort jederzeit Jan auftauchen.

„Wohl was erledigen. Weiß nicht so genau.“ Rocco lächelte steif.

Hanna trat einen Schritt vor. „Ich glaube, er wollte meiner

Freundin bei irgendetwas helfen." Dann lächelte sie die beiden Männer so nett an, dass beide zurücklächeln mussten.

„So, dann ist ja gut. Wenn ihr ihn seht, sagt ihm bitte, dass ich euch bei uns erwarte. Wir haben ja eine Verabredung, Kinder. Nicht wahr?" Jans Vater nickte langsam, als wollte er Rocco und Hanna dazu bringen, ebenfalls „Ja" zu sagen. „Der Herr Professor ist nämlich extra deswegen angereist."

„Ich weiß auch schon, woher." Rocco grinste.

Woran hat Rocco die Herkunft des Professors erraten?

arkt
BORKSAND
BESTER EHEMANN
ZUM HAFEN

KAPITEL 13

Die kleine Sakristei

„Ja, der Aufkleber! Ich liebe Borksand nun einmal. Auf der Insel leite ich das Heimatmuseum." Professor Arnkiel tippte noch einmal gegen seine Hutkrempe.

„Aber jetzt gehen wir erst einmal einen Kaffee trinken, oder, Herr Professor? Und ihr meldet euch, wenn ihr etwas wisst. Klar?" Hark Godbersen blickte Hanna und Rocco an.

„Klar!", sagten die beiden im Chor.

Jans Vater bugsierte den Museumsdirektor ins Café am Marktplatz.

„Das hatte ich ganz vergessen", brummte Rocco.

„Was denn? Wo Jan gerade ist?" Hanna klemmte sich eine Strähne hinter das Ohr und kicherte.

Das steckte Rocco an, die Sorgenfalte auf seiner Stirn verschwand wieder. „Nein, dass wir die Kiste heute Jans Vater geben sollten. Oder so ähnlich. Aber dass der Museumstyp von Borksand kommen sollte, davon wusste ich nichts."

„Ist ja auch nicht wichtig. Dafür habe ich eine Nachricht von Nele."

„Und?"

„„*Sind an der alten Kirche. Die schrauben am Eingang herum. Später mehr. Jan & Nele*"", las Hanna vor.

„Okay. Da sollten wir auch hin", meinte Rocco.

Hanna sah Rocco an. „Dann los."

Rocco erzählte Hanna in wenigen Sätzen, was alles passiert war. Und woher sie die Kiste hatten.

„Und jetzt führt die Spur zur alten Kirche", schloss er.

„Meinst du wirklich, da liegt irgendwo Gold in der alten Kirche? Die ist doch total heruntergekommen." Hanna drehte sich aus der Kiste vorne am Fahrrad halb um.

Es stimmte, die alte Kirche im Wald hinter dem Friedhof war im Krieg zerstört worden. Man hatte damals eine neue gebaut, die mehr im Zentrum lag. Nur die Sakristei war erhalten geblieben. Die Kirche nutzte sie, soweit Rocco wusste, nur selten für eine Andacht und stellte während der restlichen Zeit ihre Gartengeräte dort unter.

Rocco musste ganz schön strampeln. „Gibt es schon eine Nachricht von den anderen?"

Hanna sah auf ihr Handy nach. „Nee. Leider nicht!"

Die Sakristei zu öffnen, war für Bernhard kein Problem gewesen. Ein langer Dietrich, ein paar oft geübte Bewegungen. Und schon schwang die schwere Tür quietschend auf.

„Pass doch auf, du Idiot. Muss uns ja nicht jeder hören." Tolek herrschte Bernhard an, dann suchte er einen Lichtschalter. Eine nackte Glühlampe sprang in der Mitte des muffig riechenden Raumes an.

„Schöne Kirche hier, das muss man sagen." Bernhard folgte Tolek hinein. „Nicht so groß. Hat eher so Taschengröße. Haha, eine Taschenkirche. Ist doch was für unsere Taschendiebin."

Ose zögerte. Dann gab sie sich einen Ruck und trat über die Schwelle der alten Sakristei. Als Kinder waren sie mit ihrer Religionslehrerin hierhergegangen.

„So, Püppi. Nun kommst du wieder an die Reihe. Wie gehen wir jetzt weiter vor?" Tolek sah sich um, dann fixierte er Ose, die mit hängenden Schultern neben der Tür stehen geblieben war.

In dem feuchten Raum gab es einen kleinen Altar mit einer abgewetzten Decke darüber. Darauf standen ein Kreuz und zwei Kerzenleuchter. Hinter der Tür waren einige Stühle aufgestapelt. Über allem lag ein Staubfilm.

„Und wo ist jetzt hier ein Hinweis? Oder ein Versteck? Hm?" Tolek schimpfte und klopfte sich ein paar Spinnenweben vom dunklen Anzug.

Ose atmete tief durch. Dann bückte sie sich und hob die alte Decke an, die vom Altar hing.

„Was haben wir denn hier?“ Tolek kam mit knirschenden Schritten näher und stellte die kleinere Kiste ab. „Da ist das Gold drin? Dann hacken wir die große Truhe doch mal auf.“

Ose schüttelte den Kopf. „Das geht einfacher, wirst du gleich sehen.“ Sie schlug die Decke ganz zurück. Staub wirbelte auf. „Das ist kein richtiger Altar, sondern eine Hochtruhe, genannt die Michaeli-Truhe. Die gab es früher öfter, vor allem in Seefahrerhäusern. Sie sind mit Eisenbändern beschlagen.“

„Jetzt nerv mal nicht mit Geschichte! Sag uns lieber, wie wir die Truhe aufkriegen.“ Auch Bernhard war näher gekommen.

Tolek machte ein Zeichen und sie nahmen das Kreuz und die Leuchter sowie das Tuch herunter. „Oben ist kein Scharnier. Was ist das denn für ein Ding? Man kann das hier drehen, sind das Uhren oder so? Wenn ich nur richtiges Werkzeug hätte, dann würde ich die schon aufkriegen.“

Ose strich über die Oberfläche. „Seht ihr, das, was man drehen kann, sollen Wale sein. Die haben die ja früher gejagt. Wenn man die in die richtige Stellung zueinander dreht, geht die Kiste auf.“

„Gut, dann mach mal“, sagte Tolek.

Ose richtete sich auf. „Wir brauchen noch etwas dafür. Ich hatte gehofft, dass wir ohne auskommen, aber das geht nicht, muss ich jetzt feststellen." Sie drehte an den aufgesetzten flachen Walfischen, die sich bewegen ließen wie dicke Zeiger. „Wir brauchen einen Zifferographen. Das ist ein Gerät, das wir hier anlegen müssen, damit wir die Michaeli-Truhe aufkriegen."

„Einen was?", blaffte Tolek.

„Einen Zifferographen. Den hat sich damals ein Erfinder ausgedacht, genauso wie diese Truhe. Und mit dem war Edlef Bordelius Bohn befreundet. Deshalb ist das Zeug überhaupt hier in Breeksiel. Das Gerät setzt man an und bringt die Wale in die richtige Position."

Tolek hatte sich eine Zigarette angezündet und paffte ein paar Wolken. „Ist das irgendein Quatsch, den du mir hier erzählst?" Er schickte einen bedrohlichen Blick hinterher.

Ose rümpfte die Nase. Der Qualm stank fürchterlich. „Nein, mein Vater hat das alles herausgefunden und aufgeschrieben. Meinem Bruder Momme und mir hat er es erzählt. Er konnte das alles beweisen. Nur geglaubt hat man ihm nicht", erklärte sie.

Von draußen klang Oses Stimme unheimlich. Nele und Jan hockten unter dem kleinen Fenster der Sakristei. Sie hatten alles verstanden.

Nele hatte rote Wangen vor Aufregung. „Hast du schon mal von so einem Zifferographen gehört?“

Jan schüttelte den Kopf. Aber dann wurde es drinnen schon wieder lauter.

„Was soll das für ein Gerät sein? Noch nie davon gehört“, blaffte Tolek.

Ose antwortete, sie klang unsicher: „Es ist wie ein Schloss mit einer Zahlenkombination. Alle drei Walfische müssen in einer bestimmten Stellung zueinander stehen, sonst geht die Michaeli-Truhe nicht auf.“

„Plastiksprengstoff, dann sollste mal sehen!“ Bernhard klang sehr überzeugt.

Toleks Stimme folgte: „Nein, kein Sprengstoff. Wir probieren das. Letzte Chance, Püppi. Wir besorgen deine Wundermaschine. Wo ist sie?“

Oses Flüstern war draußen nicht zu verstehen, sosehr sich Nele und Jan auch bemühten.

Dann wurde Tolek wieder lauter. „Okay, aber Bernhard geht. Zu diesem Laden und danach zu dem komischen Alten. Püppi, hättest du auch gleich sagen können, dass wir dieses Zifferdings brauchen.“

Er seufzte genervt. „Ach ja, und Bernhard? Komm nicht ohne wieder!“, bellte Tolek.

„Achtung“, zischte Jan und zog Nele hinter eine Regentonne.

Etwas knirschte. Jan hob den Kopf und sah, dass Bernhard mit schnellen Schritten fortging.

Jan und Nele blieben noch eine Weile in ihrem Versteck. Jan schrieb Rocco und Hanna eine kurze Nachricht. Sie sollten Bernhard im Auge behalten.

„Habt ihr wirklich so ein Ding im Laden?“ Nele war dicht an Jan herangerückt und sprach so leise es ging.

Jan verzog den Mund und hob ratlos die Schultern. Ein bisschen hoffte er, dass so ein Zifferograph nicht bei ihnen zu finden war. Und ein bisschen, dass doch.

Das Handy vibrierte. Rocco hatte verstanden. *Wir bleiben dran. H + R.*

Von drinnen wurde es wieder lauter. Tolek tönte, dass er nun doch selbst versuchen wollte, die Michaeli-Truhe aufzuknacken. „So schlau kann dieser Schrank ja wohl nicht gebaut worden sein. Wenn ich nur richtiges Werkzeug hätte. Wer hat ihn jetzt noch mal gemacht? Erzähl mal, Püppi. Haben ja jetzt ein bisschen Zeit.“

Und Ose berichtete vom Breeksieler Erfinder Hans Hartung Molfsee, der vor langer Zeit einige merkwürdige Apparate gebaut hatte. „Nicht nur den Zifferographen, sondern auch

Musikinstrumente wie die Glasorgel oder die Trombosaune, es gibt …“

„Nein. Nicht den Quatsch erzählen, der ganze Kram mit den Musikinstrumenten interessiert mich nicht. Aber eines noch: Wie hat er diesen komischen Schrank hier gebaut? Warum ist das Ding immer noch hier? Und wie kommt es, dass du das alles weißt, Püppi?“

Ose holte hörbar Luft.

„Der Walfischschrank ist immer noch hier, weil er der Kirche für dieses Haus einmal vererbt wurde. Und zwar mit der Auflage, dass er hier stehen bleiben muss. Bisher hat noch niemand einen Grund gesehen, warum das geändert werden sollte. Er ist außerdem sehr schwer. Man kriegt ihn also auch schlecht raus hier.“ Sie machte eine Pause. „Ich weiß das alles, weil mein Vater sich für den Heimatverein durch die privaten Aufzeichnungen von Hans Hartung Molfsee gelesen hat. Und er hat sie als Einziger verstanden.“

„Und warum hat sich dein Vater nicht selbst den Zaster geholt? Ist doch ’ne sichere Sache, wenn man das als Einziger weiß!“, erwiderte Tolek.

Draußen kletterten Jan und Nele auf die Lehne der Bank, die an der Hauswand stand.

„Er ist vor fünf Jahren gestorben. Und diese speziellen

Aufzeichnungen sind nie veröffentlicht worden“, antwortete Ose.

„Ja, Mensch. Zu dumm, was? Aber wir kriegen das Ding ja jetzt bald auf. Und nun halt mal wieder den Mund. Ich muss nachdenken.“ Tolek trat ans Fenster.

Nele zog Jan zurück. Aber nicht nur, weil Tolek so dicht herankam. Sie hatte noch etwas gesehen. Tolek war viel gefährlicher, als sie zunächst gedacht hatten!

Wieso glaubte Nele, dass Tolek extrem gefährlich wäre?

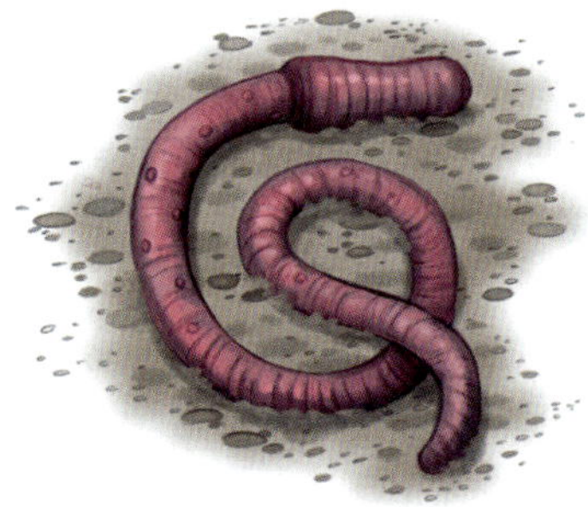

KAPITEL 14

Der Zifferograph

Tolek hatte eine Pistole im Hosenbund stecken! Jan und Rocco hatten ihr ja schon von dem Messer im Stiefel erzählt. Aber eine Pistole war dann doch noch mal etwas anderes!

Nele hielt erschrocken die Luft an.

Die Ladenglocke ging und Ilsemarie Boysen drückte ihren Rücken durch. Jans Großmutter setzte ihre Brille ab und ihr Verkäuferinnenlächeln auf.

„Guten Tag, mein Herr."

„Guten Tag. Ich bin auf der Suche nach etwas Besonderem."

„Dann schauen Sie sich um, das sollte sich hier doch finden lassen." Ilsemarie Boysen ging einen Schritt auf den Mann zu.

„Ich bin ein leidenschaftlicher Sammler alter technischer Geräte, die ja oft mit viel Hingabe und Finesse hergestellt worden sind.“ Bernhard ließ seinen Blick über die Regale wandern.

„Ein Sextant zum Beispiel? Hier drüben haben wir einen wunderbaren Nachbau eines seemännischen Schmuckstücks. Oder dieser Kompass? Der Messingrahmen ist handgearbeitet, genauso wie das Original, das auf der MS Borkensee eingebaut war, die leider 1870 vor Helgoland gesunken ist. Man konnte allerdings die Besatzung retten.“

„Wirklich? Oder erzählen Sie mir das nur, damit ich das alte Ding kaufe?“

Ilsemarie Boysen rückte ihre Bernsteinkette zurecht. „Für den höheren Anspruch haben wir allerdings auch seltene Originale. Ein Barometer der österreichischen Flotte, hier drüben, der Herr. Oder ein Chronograf der Königlich Geographischen Gesellschaft.“

Bernhard trat an die Vitrine heran, in der die alten – oder auf alt gemachten – Geräte ausgestellt waren. „Und einen Zifferographen haben Sie nicht zufällig da?“ Bernhard legte ein paar Finger an die Vitrine wie an ein Aquarium.

„Wer hat Ihnen denn von dem Ding erzählt?“ Ilsemarie Boysen lächelte und legte den Kopf schief. „Nun, die Geschichten vom genialen Erfinder und Konstrukteur Hans Hartung Molfsee aus Breeksiel halten sich natürlich. Aber, glauben Sie mir, ich lebe schon mein ganzes Leben lang hier, die Geräte sind alle nur eine Spielerei, sie taugen nicht für irgendeinen Zweck. Für Liebhaber mag das dennoch interessant sein. Wir jedoch führen keine Zifferographen."

Bernhard zog seine Hand zurück. „Das ist aber schade. Wenn Sie sich schon so gut auskennen, dann wissen Sie doch sicher, wo ich hier im Ort so einen Apparat bekomme."

Ilsemarie Boysen lächelte noch einmal. „Einige seiner komischen Apparate wurden in kleiner Stückzahl hergestellt für ...", sie hätte beinahe „Spinner" gesagt, „... Spezialkunden."

„Hier im Ort, Gnädigste?", fragte Bernhard und klang sehr interessiert.

„Vielleicht ...", Jans Großmutter kniff die Augenbrauen zusammen und lächelte erneut, „bei einem alten Freund von mir. Die Leute nennen ihn ‚grooter Hannes'."

Hanna und Rocco hatten sich nicht versteckt.

„Das ist viel zu auffällig. Und dann sieht der uns irgendwo in einer Scheibe gespiegelt. Nee, nee", meinte Rocco.

Sie standen vor dem kleinen Supermarkt, der gegenüber vom Optiker lag.

„Du siehst zu viele Serien. Das macht dich misstrauisch." Hanna lachte und ließ ihn über ihre Schulter zur Ladentür gucken. Sie waren Bernhard gefolgt.

„Was will der eigentlich? Hat Jan etwas geschrieben?" Hanna wurde ungeduldig. Sie drehte sich ein bisschen.

„Ich seh kurz nach." Rocco holte sein Handy aus der Schlaufe seines Stiefels. „Ja, tatsächlich. Der sucht einen Zifferographen. Das ist eine alte Maschine. Mensch, so einen hat Opa bei sich in der Werkstatt stehen!"

„Achtung, da kommt er!" Hanna drehte sich wieder zurück. „Ganz unauffällig jetzt!"

Bernhard aber war viel zu beschäftigt, um sie wahrzunehmen. Erst holte er sein Handy aus der Tasche und begann zu wählen, brach dann wieder ab und steckte es schließlich zurück in die Jackentasche. Währenddessen war er an Hanna und Rocco vorbeigegangen, ohne auf die beiden zu achten.

„Hanna!" Hannas Vater winkte aus seinem Optikerladen gegenüber. „Komm doch bitte rüber, im Laden aufpassen. Ich muss ganz schnell zum alten Martens, dem ist wieder mal die Brille heruntergefallen. Jetzt sitzt er quasi blind zu Hause."

Hanna stöhnte. „Okay."

„Es ist ja nur für eine halbe Stunde. Ich habe schon eine Ersatzbrille für ihn fertig gemacht. Die Kunden sollen einfach so lange warten, ja?", sagte ihr Vater und verschwand schon wieder in seinem Laden.

„Dann musst du jetzt allein gehen. Aber sei vorsichtig!", mahnte Hanna Rocco.

Der rückte sein Sakko zurecht und grinste sie an. „Klar. Vorsichtig und langsam. Wir wissen ja schließlich inzwischen, wo er hingeht.“

Vor der alten Kirche war es einfach so passiert. Vielleicht hatte der Westwind nur einen Hauch stärker gepustet. Oder es war ein Vogel gewesen. Zwei Dachschindeln sind von oben heruntergerutscht und direkt vor Jan und Nele auf den Waldboden aufgeschlagen.

Es war alles sehr schnell gegangen. Das Klirren der rutschenden Schindeln. Das dumpfe Aufschlagen. Und dann die Ausrufe von Nele und Jan. Die beiden hatten sich furchtbar erschreckt.

„Ahhhh!“

„Ohhhh!“

„Was war das?“, rief Ose.

Schneller als Jan einen klaren Gedanken hatte fassen können, fühlte er schon den festen Griff von Ose am Oberarm. Tolek hatte Nele geschnappt, die noch ein paar Meter weggerannt war.

Sie waren gefangen. Jans Nackenhaare stellten sich auf. Neles Wangen waren tiefrot geworden.

„Wie lange sitzt ihr hier schon herum? Ein kleines Pärchen,

Pilzesammeln im Wald? Oder doch ein paar Schnüffler? Das Geld, das dein Freund für die Kiste bekommen hat, hat wohl nicht gereicht, was?" Tolek zog Nele in die alte Sakristei. Ose folgte ihm. Jan versuchte nicht sich zu wehren. Sie war einfach stärker. Aber der Moment zur Flucht würde vielleicht noch kommen. Sein Herz schlug ihm bis zum Hals.

„Und was machen wir jetzt mit denen?" Ose ließ Jan los.

Tolek schloss die Tür und stellte sich davor. „Mal überlegen. Vielleicht esse ich sie als zweites Frühstück!" Und dann lachte er, sodass man seine schiefen Zähne sah. Er schob seinen Hut aus der Stirn, der beim Festhalten nach vorne gerutscht war.

Danach sah Tolek sie eine Weile schweigend an. „Sie bleiben hier. Und wenn wir die Kiste geöffnet haben, sehen wir weiter."

Er sah sich in dem kleinen Raum um und öffnete zwei Schränke. Staub rieselte im Sonnenlicht von der Schranktür herunter. „Ah, hier." Er nahm zwei alte Kordeln, dick wie Schiffstaue, heraus. „Wofür die hier wohl früher gebraucht wurden?" Dann maß er sie ab, prüfte ihre Festigkeit und fesselte erst Nele, dann Jan.

„Sie müssen ja einen guten Grund für all das haben." Jan spürte sein Herz klopfen. „Freiheitsberaubung, der Besitz von Schusswaffen, vorher Diebstahl der Kiste …"

„Du hast zu viele Krimiserien gesehen, mein Junge. Geh mal lieber öfter raus, Fußball spielen", entgegnete Tolek.

„Dann ist das ein grobes Foul!" Nele spürte, wie ihre Hände fest an den alten Kirchenstuhl gebunden wurden.

„Sei mal nicht so frech, junge Dame! Und wir, Püppi, räumen jetzt diese komische Schatztruhe frei, damit wir gleich loslegen können, wenn Bernhard mit dem Ding wieder da ist.“

„Sie wünschen?“ Opa Hannes linste über seine Brille. Bernhard trat durch die Werkstatttür. „Ich bin hier doch richtig bei …“

„Richtiger können Sie gar nicht sein, wenn Sie zum grooten Hannes wollen. Das bin nämlich zufällig ich.“

Rocco lag oben in der Klabauterbude, versteckt hinter zwei Strohballen. Er guckte durch eine Lücke nach unten. Er war schneller hier gewesen als Bernhard, denn er hatte den Deichweg durch die Schafgatter genommen.

„Sie haben hier ja wirklich eine exklusive Sammlung, mein Herr. Ich bin auf der Suche nach etwas wirklich Besonderem.“ Bernhard ging näher an die Regale am Rand heran, an die Barometer und Sextanten über der Hobelbank, an die Messingleuchter, die noch auf alt getrimmt werden mussten, und an die Ölbilder und nachgestellten Fotos, die Opa Hannes zum Ausbleichen in die Sonne gestellt hatte.

„Ja, wie recht Sie haben. Aber manchmal trenne ich mich auch von dem ein oder anderen Stück.“ Roccos Großvater rückte seine Brille zurecht

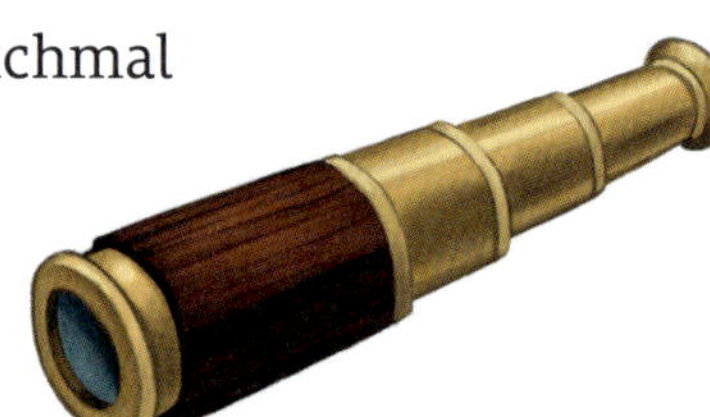

und ging zwei Schritte auf den schmalen Bernhard zu. „Man muss ja auch von etwas leben." Er lächelte schief.

„So ausgesuchte Einzelstücke findet man selten." Bernhard schritt weiter Richtung Lesekajüte, neben der in einer Vitrine alte Schiffsapparate blinkten.

Rocco atmete tief ein. Jetzt wurde es spannend!

„Hier in der Gegend soll ein Erfinder einst ungewöhnliche Apparate entwickelt haben. Ich interessiere mich sehr dafür, müssen Sie wissen. Besonders für ein Objekt, das ‚Zifferograph' genannt wird. Haben Sie davon schon mal gehört?", fragte Bernhard.

„Aber sicher", sagte Opa Hannes. „Gleich hier drüben, der Herr, ein besonders schönes Exemplar. Erfunden von Hans Hartung Molfsee. Ein fabelhafter Mann. Und das Stück? Historisch-identisch und deshalb auch nicht ganz so kostspielig wie die wenigen erhaltenen Originale, die inzwischen fast nur noch in Museen zu finden sind."

Opa Hannes schob seinen Bauch vor. Von oben sah es so aus, als wollte er Bernhard mit seinem Bauch an der Vitrine einquetschen. Rocco lachte leise auf.

Bernhard aber wand sich aus der Ecke heraus, drehte sich um und zog sein Portemonnaie aus der Tasche. „Mein Schiff legt bald ab. Also, wie viel kostet es?"

„Das nächste Schiff, von dem ich weiß, geht frühestens in zwei Stunden. Es sei denn, Sie haben ein eigenes. Aber gut, 650 Euro. Mit Echtheits-Zertifikat!"

Rocco musste grinsen. Die „Echtheits-Zertifikate“ hatte sein Großvater sich ausgedacht. Er druckte, schrieb und stempelte sie selbst auf alten vergilbten Kanzleibögen, die er mal irgendwo unter der Hand bekommen hatte.

„In Ordnung.“ Bernhard zählte das Geld ab.

„Brauchen Sie eine Quittung?“ Opa Hannes ging einige Schritte zur Hobelbank und öffnete eine kleine Holzkiste. Hier lagerte er die „Echtheits-Zertifikate“, das wusste Rocco. Schnell hatte sein Großvater das richtige gefunden. Er hielt es kurz in die Luft, sagte „vom Friesenrat beglaubigt und gestempelt, der Herr“ und rollte es auf. Er selbst war der örtliche Vertreter des Friesenrates in Breeksiel.

„Ja, das ist vielleicht ganz gut.“ Bernhard reichte Opa Hannes die Scheine. Der steckte das Bargeld in seine weite Hosentasche und schrieb die Summe schnell auf den kleinen Quittungsblock. „Bitte sehr, der Herr. Viel Vergnügen damit.“

„Werde ich haben. Schönen Laden haben Sie hier. Und so viele kuriose Sachen. Bücher, Bilder, Uhren.“ Dann verbeugte sich Bernhard und verschwand.

Opa Hannes ging ihm noch bis in den Hof nach.

Rocco stutzte. Und auf einmal wurde es ihm klar: Der Typ war tatsächlich der Einbrecher von neulich gewesen – das war der Beweis!

Woher wusste Rocco, dass Bernhard einer der Einbrecher gewesen sein musste?

KAPITEL 15

Rettung naht!

Natürlich! Bernhard hatte gerade von Uhren gesprochen, aber in der Werkstatt waren ja gar keine mehr! Die Uhren hatte Opa Hannes nach dem Einbruch zur Sicherheit versteckt. Also konnte der Typ nur wissen, dass es welche gab, wenn er vorher schon mal hier gewesen war. Rocco kletterte die Leiter hinunter.

Opa Hannes erschien wieder am Werkstatttor. „Rocco, na dann mal hinterher, min Jung. Aber pass auf dich auf."

Die Verfolgung verlief vollkommen reibungslos. Bernhard schöpfte offensichtlich keinen Verdacht. Er hatte vom grooten Hannes noch eine Papiertüte für den Zifferographen bekommen. Die schaukelte er am gebeugten Arm die Hafenstraße entlang.

Rocco ließ sich Zeit. Hatte Jan sich gemeldet? Er sah auf

sein Handy. Nichts. Komisch, dachte er. Rocco schrieb Jan schnell, wie die Lage bei ihm gerade war. Dann steckte er sein Handy wieder in die Lasche in seinem Stiefel.

„Könnten Sie vielleicht das Fenster öffnen? Ich kriege nicht so gut Luft." Nele sah Ose bittend an. Ihre Stimme klang höher als sonst, bemerkte Jan. Hatte sie etwas vor? Er selbst versuchte fieberhaft, sich einen Ausweg einfallen zu lassen. Am besten, bevor die Gauner wieder zu dritt waren. Aber was? Sein Kopf pochte.

„Na gut. Wir wollen in Breeksiel ja keinem die Küstenluft verweigern." Ose zog das Fenster mit einem leisen Quietschen nach innen auf.

„Sie kennen sich hier ja gut aus." Jan sah zu Ose, die aus dem kleinen Fenster nach draußen spähte. Er hatte eine Idee. Tolek war vor die Tür gegangen. Er wollte nachsehen, ob Bernhard endlich zurückkam.

„Klar. Aber du sollst still sein!", fauchte Ose.

„Meine Mutter wundert sich bestimmt, dass ich noch nicht zu Hause bin." Nele versuchte, beiläufig zu klingen.

„Das hättet ihr euch mal früher überlegen sollen", gab Ose zurück und drehte an einem der Walfische an der Michaeli-Truhe.

„Sie waren lange nicht hier, oder?“ Jan lächelte, auch wenn ihm die Handgelenke wehtaten. Tolek hatte die Seile ganz schön festgezogen. „Sonst hätte ich Sie sicher schon mal gesehen. Ich bin Jan Boysen, meine Eltern haben den Laden an der Hafenstraße. Meine Oma arbeitet da auch noch. Aber ob wir diesen Apparat haben, das weiß ich nicht. Da steht so manch komisches Zeug herum.“ Jan lächelte, auch zur Seite, von wo aus Nele ihn angespannt ansah.

Ose dagegen drehte sich um. „Ja, den Laden kenne ich. Deine Oma auch. Aber das ist jetzt egal. Ich hoffe, Bernhard kommt mit dem Zifferographen wieder. Sonst ...“ Aber anstatt weiterzusprechen, winkte sie ab.

„Sonst?“ Jan lächelte tapfer weiter, auch wenn seine Mundwinkel langsam lahm wurden. Das Pochen in seinem Kopf nahm zu.

„Ist besser, wenn ich nicht mehr dazu sage, Junge." Ose sprach leise. Umso lauter erklang das Türöffnen. Tolek funkelte sie an. „Habt ihr mich vermisst? Sag mal, Püppi, dein feiner Bernhard wird doch nicht mit den paar Kröten Bargeld in den Zug gestiegen sein und uns nun hängen lassen, oder? Wo hier doch unser Glück wartet!" Er tätschelte die hohe Michaeli-Truhe vor ihm.

Jan fühlte sein Handy in der Tasche vibrieren. War das ein Signal von Rocco? Zu dumm, dass er gefesselt war und nicht herankam.

„Tagchen, habt ihr gewartet?", fragte Bernhard. Niemand hatte ihn kommen hören. „Oh, Besuch? Und so netter!" Er wies auf die beiden Gefesselten.

„Ja, die Bengel hatten leider zu große Ohren. Und, hast du das Ding gekriegt?", fragte Tolek ungeduldig.

Als Antwort holte Bernhard den blinkenden Zifferographen unter seiner Anzugjacke hervor.

„Ist das Ding richtig?" Tolek tippte Ose auf den Arm.

„Ja, das ist ein Zifferograph. Darf ich mal?" Sie nahm Bernhard den Apparat aus der Hand, wog ihn, drehte ihn und prüfte die Beweglichkeit der Teile. „Das ist ein gutes Replikat. Damit sollte es gehen."

Tolek klatschte ein paarmal in die Hände. Er drehte sich sogar zu Nele und Jan und öffnete die Hände als wollte er sagen: „Seht ihr?"

„Dann ans Werk, Püppi!", befahl er.

Ose kniete sich auf den staubigen Boden. Dann überlegte sie eine Weile, wie der Apparat an den Schrank angelegt werden musste. „Jetzt heißt es, ein bisschen Geduld mitbringen."

„Mach schon, Ose. Viel Geduld ist nicht mehr übrig", drängte Tolek.

Rocco war Bernhard wie ein Spürhund gefolgt. Es war nicht schwer gewesen. Bernhard hatte sich wenig Mühe gegeben, sich zu verstecken oder besonders zu beeilen.

Er war immer dichter herangekommen. Als er aber sah, welches Ziel Bernhard anvisierte, hielt er sich verborgen. Es war tatsächlich die Sakristei der alten Kirche!

Rocco wartete, bis Bernhard in dem kleinen, hellen Gebäude verschwunden war, dann rückte er vor. Von Baum zu Baum, danach hinter ein dickes Gestrüpp. Und wenig später saß er neben der Regentonne, wo sich zuvor schon Nele und Jan hingekauert hatten.

„Du drehst ja nur an den Walfischen herum. Das hätten wir auch ohne dieses sündhaft teure Ding geschafft."

Rocco erkannte Toleks dröhnende Stimme sofort.

„Es ist nicht so einfach, wie es aussieht. Man muss die Stellung der drei Wale durch den Zifferographen in eine Gleichung bringen. Erst dann kann man das Schloss öffnen."

Das war Oses Stimme, dachte Rocco. Er sah noch einmal auf sein Handy. Warum meldete sich Jan nicht?

Plötzlich wurde es ihm klar. Dafür gab es nur eine Erklärung: Jan konnte nicht. Nele und er mussten von den Gaunern gefangen genommen worden sein.

„He, es knirscht ja wirklich in der alten Truhe. Nur weiter, Ose!"

Drinnen klapperten Schuhe und Rocco hatte Mühe, etwas zu verstehen. Es klang, als würde ein Stuhl verrückt.

„Gleich. Ich bräuchte Licht", meldete Ose.

„Geh weg vom Fenster, Bernhard, lass deine Frau in Ruhe arbeiten. Und dann, mein Freund, fängt das Leben erst richtig an, verstehst du?"

Jetzt ist der richtige Moment!, dachte Rocco und suchte nach einer Möglichkeit, ans Fenster zu kommen. Eine wackelige alte Bank. Er setzte einen Fuß auf die Lehne und stemmte sich hoch. Durch das Fenster zu sehen, traute er sich aber nicht.

„Das Leben könnte bald im Gefängnis anfangen, schätze ich mal!“, rief Jan in der Sakristei.

Nele hustete auf einmal auffällig stark. Jan drehte seinen Kopf zu ihr. Sie gab ihm mit dem Kopf ein nahezu unmerkliches Zeichen.

Jan blinzelte zustimmend.

Was hatte Nele bemerkt?

KAPITEL 16

Wo ist das Gold?

Rocco bemerkte seinen Schatten auf dem Boden der Sakristei! Nele hatte ihn sofort wahrgenommen und lenkte die drei Gauner zum Glück nun mit ihrem vorgetäuschten Hustenanfall ab.

Die drei standen um sie herum. „Was ist denn mit dir auf einmal? Hast du dich etwa verschluckt, Kleine?“ Tolek lachte laut auf.

In diesem Moment sprang Rocco von der Bank hinunter. Er kauerte sich wieder hinter die Regentonne. Der Waldboden hatte seinen Sprung zwar gedämpft, aber er lauschte trotzdem. Nein, Neles Husten war zu laut gewesen und die Diebe hatten ihn nicht gehört.

Rocco überlegte. Er hatte die drei Gestalten an einem Tisch oder Schrank gesehen. Sie hatten sich hinuntergebeugt und nicht auf ihn oder das Fenster geachtet. Jan und Nele saßen auf Stühlen und waren gefesselt.

Rocco reimte sich ungefähr zusammen, was passiert war. Er musste die beiden natürlich herausholen. Und dann dafür sorgen, dass die drei Gauner nicht abhauten.

Aber wie?

„Haben wir es denn bald?“ Tolek stand auf und hielt sich den Rücken. „Kriegst du das Ding jetzt auf?“

Ose ächzte einmal. „Ja. Ich mach das doch auch zum ersten Mal. Warte …“ Und dann drehte sie zwei der drei beweglichen Wale auf der Michaeli-Truhe noch einmal. Es klickte und knirschte. Ein lautes Knacken war zu hören.

„Was war das?“ Bernhard sah seine Frau an.

„Das war der Schließmechanismus. Oder?“ Ose hob den schweren Deckel der Truhe an. „Ja!“

Rocco verstand nicht, was drinnen vor sich ging.

Es war still.

Total still.

Was war in der Sakristei los? Sollte er noch einmal einen kurzen Blick riskieren?

Während Rocco noch überlegte, hörte er ein lautes, dröhnendes Brüllen.

„Was? Was ist das? Verdammter Mist!“ Toleks Stimme überschlug sich. „Ose! Wo ist das Gold? Wieso ist diese verdammte Truhe leer? Kann denn hier nichts klappen?“

Rocco überlegte nicht lange. Er trat noch einmal auf die Banklehne und drückte sich hoch. Nur ein kurzer Blick: Bernhard war wie versteinert, Ose beugte sich über die hohe Truhe. Tolek brüllte. „Das kann doch nicht sein. Wo ist das Zeug?“

Ose schwieg weiter.

Jan sah kurz zum Fenster. Er hatte Rocco erneut bemerkt.

Der sprang so leise wie möglich wieder hinunter.

Jetzt hörte er Oses Stimme. „Ich kann mir das nicht erklären. Es ist alles richtig. Das Schloss, der Apparat, die Zeichen in der Kiste. Es hat alles gepasst.“

„Jetzt habe ich nur eine Frage. Gibt es diesen verdammten Walfängerschatz wirklich? Oder hat noch jemand davon gewusst und diese Truhe leer geräumt?“ Toleks Stimme klang immer noch laut, aber er hatte sich offenbar wieder im Griff.

„Hier ist etwas in der Truhe. Sogar zwei Sachen. Ein Teil aus Metall, keine Ahnung. Und was ist das? Ein Zuckerstick?“ Bernhards Stimme drang nach draußen.

„Ein Krümel und ein Tütchen Zucker.“ Das war Jan. „Ich glaube, ihr kommt einfach zu spät, was?“ Er lachte ein bisschen. Rocco erkannte die Stimme seines Freundes und musste ebenfalls grinsen. Was für eine Pleite für die Schatzräuber!

„Halt den Rand, Junge!“, schnauzte Tolek.

„Moment mal. Dieses Teil, das ist ein Zahn aus Gold!“ Oses Stimme überschlug sich. „Das heißt, der Schatz war wirklich hier drin. Die Seeleute sind in Gold bezahlt worden. Und das hatte die unterschiedlichsten Formen: Schmuck, Münzen, Zähne. Da war alles dabei. Wir sind also doch auf der richtigen Spur!“

„Und wo ist dann der verdammte Rest?!“ Tolek wurde schon wieder laut.

„Bernhard, reich mir mal das Tütchen herüber“, sagte Ose.

Der tat offenbar, worum Ose ihn gebeten hatte. „Das sind Sticks vom Stand meines Bruders, dem Imbiss an der Mole. Er hat immer Zuckertütchen in der Brusttasche, das macht er seit Jahren, damit an den Stehtischen keiner den Zucker klaut. Hier steht sogar noch unsere Privatadresse drauf, der Sitz der Firma. Dieser Stick muss ihm aus der Tasche gefallen sein.“

„Dein Bruder?“, fragte Tolek ungläubig.

„Das passt doch alles. Er kennt die Aufzeichnungen unseres Vaters genauso gut wie ich. Er war einfach schneller, der alte Fuchs.“

„Eher ein Stinktier!“, warf Bernhard ein und schickte gleich noch einige Flüche hinterher.

„Dann los!“, befahl Tolek.

Rocco sah sich um, er musste schnell von hier weg. Die Kastanie einige Meter entfernt könnte er erreichen. Er müsste nur schnell in die oberen Äste, damit sie ihn nicht sehen konnten. Aber er zögerte noch einen Moment.

„Und was machen wir mit denen da?", fragte Bernhard.

„Die lassen wir erst mal hier. Die klaut schon keiner", antwortete Tolek.

Rocco hörte, wie die Tür geöffnet wurde. Er sprang zur Seite, ein, zwei, drei Schritte, dann war er bei der Kastanie. Ein Astloch im Stamm diente ihm als Stufe. Flink wie ein Affe kletterte Rocco schnell höher in die dichte Baumkrone. Seine Sorge war berechtigt gewesen, denn Ose ging zum Fenster, prüfte die Gitterstäbe und schloss es wieder.

„Die können nicht raus. Sind doch noch Kinder." Bernhards Stimme vermischte sich mit Toleks Ruf, dass Ose endlich kommen solle.

Rocco wartete. Dann kletterte er erst ein, zwei Äste nach unten, lauschte, dann noch zwei. Jetzt gab er die Deckung auf, sah sich um und sprang.

Ein vorsichtiger Blick um die Ecke sagte ihm, dass die drei Gauner fort waren, auf dem Weg zu Momme. Er musste jetzt schnell sein. Aber zuerst würde er Nele und Jan befreien. „Hey ihr, hört ihr mich? Sie sind weg!"

„Ja. Kriegst du die Tür auf?", rief Jan von innen.

„Hey, Rocco, mach schnell, meine Hände sind fast eingeschlafen!" Das war Nele.

Die Tür war abgeschlossen. Woher hatten die drei einen Schlüssel gehabt? Oder war es ein Dietrich gewesen?

Rocco rüttelte ein paarmal an der Tür. Nichts zu machen. Auch nicht am Scharnier oder am Schloss, da war keine lockere Schraube und auch kein loses Brett.

Er musste sich etwas anderes einfallen lassen. Rocco tastete die Tür noch einmal nach Schwachstellen ab. Nichts.

Das Fenster fiel ihm ein. Ose hatte es leider geschlossen!

Rocco kletterte erneut auf die Banklehne. „Hey!“ Er winkte Nele und Jan kurz zu. Dann begann er, jede Ecke abzutasten. Alles fest. Einfache Fenster zwar, aber eben mit einem Gitter geschützt. Doch da bemerkte Rocco etwas. Eine Stange war locker! Unten bröckelte schon der Mörtel. Rocco ruckelte sie hin und her. Er brauchte einen Stein, möglichst mit einer scharfen Kante. Er sprang noch einmal hinunter und fand eine Tonscherbe, die wahrscheinlich von einem Blumentopf stammte.

„Hier ist etwas lose. Ich probiere es! Könnt ihr aufstehen?“

„Gleich.“ Nele ruckelte an den Fesseln. „Ich glaube, das Seil hat sich ein bisschen gelöst!“

„Ja, beeil dich!“, rief Jan.

Rocco kratzte und schabte und klemmte schließlich die Scherbe unter die lockere Stelle. Gleich hatte er es.

„Ja!“ Der Metallstab war frei. Rocco konnte ihn verbiegen. Die Lücke müsste groß genug für ihn sein. „Könnt ihr das Fenster aufmachen?“

Inzwischen war Nele frei und hatte auch Jan losgebunden.

„Ich versuche es." Jan schob einen der Stühle vor das Fenster und kletterte hinauf. „Verdammt, der Riegel klemmt."

Rocco bog den Stab ein bisschen weiter, bis er schließlich komplett herausbrach.

„Ich hab's!" Jan öffnete die rechte Fensterseite, dann die linke. Luft strömte ihm und Nele entgegen. „Das ist schon mal ziemlich gut."

„Klettert hoch." Rocco saß im Fensterrahmen und reichte ihnen die Hand.

Jan machte Platz und half Nele beim Hinausklettern. „Lasst uns keine Zeit verlieren und gleich hinterhergehen!"

„Ja, auf zu Momme! Aber wo wohnt er eigentlich? Sein Imbiss hat um diese Zeit geschlossen, oder?", fragte Rocco.

Jan grinste. „Das finden wir ganz leicht heraus!"

Woher wusste Jan, wie sie Mommes Adresse herausfinden konnten?

KAPITEL 17

Ungebetene Gäste

„Wie gut, dass die das alte Zuckertütchen hier liegen lassen haben. Da steht Mommes Privatadresse drauf, hat Ose gesagt.“ Jan steckte das Tütchen ein. „Nichts wie raus hier!“

Als auch er aus dem Fenster geklettert war, klatschten sie sich alle ab. „Gut, dass du gekommen bist, Rocco.“

„Und schlecht, dass die Gauner nicht mit der Küstencrew gerechnet haben.“ Rocco lachte und Jan und Nele fielen erleichtert ein.

„Und was machen wir, wenn dein ehrenwerter Bruder nicht da ist?“, raunzte Tolek. Der Westwind pfiff um ihre Ohren, als sie das Ende des Waldes erreichten.

Ose schlug ihren Kragen hoch. „Ist er bestimmt. Und sonst finde ich schon einen Weg, in das Haus zu kommen."

Bernhard sah sich um. „Ist es noch weit? Ich kenne mich hier nicht mehr aus. Soll ich vielleicht schon mal den Wagen holen?"

„Das ist bisher die beste Idee heute, Bernhard. Sag ihm die Adresse, Püppi. Ach nee, die kennt er ja. Da haben ja seine Schwiegereltern gewohnt, oder?" Tolek lachte, bis ihn eine weitere Windböe erwischte. Sein Hut wurde vom Kopf geweht. Er stolperte ihm nach und hob ihn auf. „Verdammt. Wir müssen hier weg. Das will sogar der Wind."

Dann schlug er Bernhard auf die Schulter und schubste ihn gleichzeitig in eine andere Richtung.

Nele, Jan und Rocco sprachen nicht viel. Rocco saß auf Jans Gepäckträger.

„Hanna hat geschrieben, dass sie immer noch im Laden aufpassen muss. Sie fragt, ob sie uns irgendwie helfen kann", berichtete Nele.

„Wenn wir ein Bild von denen hätten, dann vielleicht!", überlegte Rocco.

„Hanna hat doch eins!", rief Nele. „Sie hat es neulich auf der Mole von Tolek geschossen. Mehr so aus Versehen, eigentlich wollte sie mit Naemy und mir ein Selfie machen!"

Jan drehte sich kurz um. „Cool! Dann soll sie es zur Polizeiwache schicken. Damit sie uns glauben."

Nele nickte heftig. „Ich schreibe ihr!"

Rocco wandte seinen Kopf zu ihr. „Und auch, dass die Gangster bei Momme sind. Damit sie wissen, wo sie hinsollen! Könnte doch ein bisschen heiß werden."

Tolek und Ose warteten vor der Tür. Auf das Klingeln hatte niemand reagiert.

„Lebt er eigentlich allein hier, dein Bruder?" Tolek drückte noch einmal auf den Klingelknopf.

„Ja, aber er hat eine Freundin mit Kind in Caspersmoor. Das ist das Nachbarsdorf." Momme hatte es Ose am Abend im POTTWAL erzählt. Sie sah sich um. Die Backsteine ihres Elternhauses wurden von der Sonne angestrahlt. Wie lange war sie nicht hier gewesen?

„Dann gehen wir jetzt mal rein, auch ohne Bernhard. Wir haben ja nicht ewig Zeit, was, Püppi?" Tolek prüfte die Tür, dann das Fenster daneben. Er hatte sich gerade umgedreht, um zur Kellertreppe zu gehen, da öffnete Momme Bonnichsen die Haustür.

„Moin, Ose." Momme sah seine Schwester fragend an.

„Hallo, Momme."

„Tag, der Herr. Wollen wir nach drinnen gehen zum Plaudern? Vermutlich ahnen Sie schon, warum wir zu Ihnen gekommen sind“, meinte Tolek herablassend.

Momme sah Ose an und zeigte auf Tolek. „Redet der immer so viel Schwachsinn?“

Dann aber trat er zur Seite und bat sie mit einem Handzeichen nach drinnen.

„Und was wollen wir jetzt machen? Einfach warten?“ Nele stellte ihr Fahrrad in den Ständer, weit genug von Mommes Haus entfernt. Alte Siedlungshäuschen standen geduckt im Westwind.

Jan zuckte mit den Schultern und sah sich um. Niemand sonst war auf der Straße zu sehen. „Wo Bernhard wohl ist? Wir müssen auf jeden Fall hier weg sein, bevor er kommt.“

Auf dem Weg zu Mommes Haus hatten sich die drei erzählt, was alles geschehen war.

„Was würde eigentlich passieren, wenn genau jetzt die Polizei käme?“ Jan sah seine Freunde fragend an.

„Dann kriegt sie die drei dran wegen der gestohlenen Kiste und weil sie euch eingesperrt haben“, meinte Rocco schadenfreudig.

„Und uns auch, weil wir die Kiste nicht zurückgegeben haben“, erwiderte Jan.

„Wir müssten mehr Beweise haben,“ sagte Nele und die anderen beiden brummten zustimmend.

„Außerdem möchte ich gern wissen, ob die Sache mit dem Gold der Walfänger wirklich stimmt.“ Jan gab Rocco und Nele ein Zeichen, dass sie weg von der Straße sollten. Rocco nickte.

Nele rief kurz Hanna an. „Sie hat alles an die Polizei weitergegeben und kommt gleich.“

„Super, Verstärkung.“ Rocco hob den Daumen.

Ein dunkles Auto bog um die Ecke. „Schnell!“ Jan duckte sich hinter einen großen Stein im Vorgarten vom alten Bredemeyer. Nele und Rocco sprangen ebenfalls hinter den Stein.

„Wir müssen am Bach entlang, von da aus kommt man zu dem Grundstück hoch“, flüsterte Jan.

„Wir können jetzt natürlich noch lange darauf warten, dass Sie uns einen Teepunsch anbieten oder was ihr Friesen sonst so trinkt. Und dann können wir noch höfliche Bemerkungen über Ihre vielen Bücher oder Kostbarkeiten machen.“ Tolek zeigte ironisch auf die Regale in Mommes Wohnzimmer. Und tatsächlich, in den vollen Regalen, in denen Bücher quer auf den anderen lagen, standen viele metallene Apparate. Die meisten waren aus Messing, einige offenbar auch aus Kupfer.

„Ist alles von Hans Hartung Molfsee, sind aber Nachbauten. Nichts zum Klauen, wenn ihr das meint.“ Momme drehte den Schreibtischstuhl um. Auf dem Tisch stapelten sich Bildbände, Zeitschriften und Aktenordner in verschiedenen Farben. Bernhard klopfte an das Fenster. Tolek öffnete ihm die Terrassentür.

„Das sind Papas Unterlagen“, stellte Ose fest.

„Das hab ich alles gelesen, Schwesterchen.“

„Und deshalb waren Sie auch eine entscheidende Runde schlauer als wir, gebe ich zu. Aber jetzt ist mal gut. Wo ist das Zeug?“ Tolek war aufgestanden und einen Schritt auf Momme zugegangen.

„Was meinen Sie?“

„Wir können auch suchen. Sollen wir? Bernhard macht das sehr gerne. Und Püppi kennt bestimmt noch deine alten Geheimverstecke unterm Bett von früher. Können wir uns vielleicht auch sparen, oder?“ Das Lächeln auf Toleks Gesicht war falsch, da musste Momme kein zweites Mal hinsehen.

Plötzlich klingelte es an der Tür.

„Wer ist das?“ Tolek blitzte ihn an.

„Woher soll ich das wissen?“ Momme erhob sich.

Tolek stellte sich ihm in den Weg. „Wer es auch ist, wimmle ihn ab, Meister.“

Momme brummte und warf Ose im Vorbeigehen einen Blick zu. Die wandte sich ab und senkte beschämt den Blick zu Boden.

Nele hatte inzwischen ein zweites Mal auf den Klingelknopf gedrückt.

„Ich komme ja schon." Momme schloss auf und sah sie erstaunt an. „Du?"

„Ja, ich, Momme. Äh, mein Fahrrad ist platt. Ich habe keine Luftpumpe. Könntest du mir vielleicht eine leihen?"

„*Hol* mich der Teufel. *Die* Pumpe? *Po*tzblitz, *li*ebes Mädchen, *zei*g mal den Platten!" Momme hauchte die Wörter mehr als dass er sie sprach.

Nele hatte verstanden und nickte.

Momme hat Nele etwas sehr Wichtiges mitgeteilt – aber was?

21
50%

KAPITEL 18

Eine mutige Aktion

Hol die Polizei! Momme hatte die einzelnen Silben besonders betont. Und die Ziffern 110 in der angehauchten Scheibe waren auch eindeutig gewesen!

Nele hatte genickt. „Ich weiß Bescheid", sollte das heißen.

Momme verstand. Er nickte ebenfalls und schüttelte kurz danach den Kopf. „Ja, mal sehen. Nein, mal überlegen. Wo hab ich die wohl? Ob sie im Keller liegt? Mensch, die olle Luftpumpe …"

Nele fuchtelte mit der Hand. Momme sah auf. Für einen Moment ließen sich Jan und Rocco hinter der Hecke blicken. Er wies mit dem Kopf ins Haus und verdrehte die Augen. Rocco gestikulierte wild, dass sie gleich um das Haus schleichen würden.

„Momme, wer stört uns denn jetzt? Ich bin doch nicht jeden Tag hier. Dein Schwesterherz ist neugierig.“ Ose stand plötzlich neben ihm.

Mist!, dachte Nele, und ging sofort einen Schritt zurück um loszurennen. Aber Ose hatte sie schon am Arm gepackt und ins Haus gezogen. „Du schon wieder? Und du willst eine Luftpumpe? Wo ist dein Freund mit dem losen Mundwerk?“

„Ach nein, Besuch. Und auch noch so reizender.“ Bernhard und Tolek standen in der Tür zum Wohnzimmer. „Tür zu, reinkommen. Hinsetzen!“

Die anderen Mitglieder der Küstencrew hatten genau mitbekommen, was passiert war. Rocco machte Jan ein Zeichen: Weiter, aber geduckt! Bis unters Wohnzimmerfenster!

Toleks Stimme dröhnte nach außen. „Was immer hier gespielt wird, wir müssen das Ganze ein bisschen beschleunigen. Also, Momme. Raus mit dem Walfängergold! Oder ich mach deiner kleinen Freundin zunächst mal ein Paar Ohrlöcher. Dann kannst du dir ein paar hübsche Muscheln reinhängen, Mädchen!“

Momme stürzte sich auf Tolek. „Du bist ein Schwein!“

„Halt, stopp!“ Tolek legte die Hand auf seine Pistole. „Immer ruhig, Mann! Wir wollen doch keinen Streit, oder?“

„Wenn ich dich in die Finger kriege! Ose! Wie konntest du nur an diese Typen geraten!“ Momme schnaufte wie ein Stier, hielt sich aber mühsam zurück. „Das Gold ist im Arbeitszimmer."

Bernhard lachte auf, Nele lief ein Schauer über den Rücken.

„Jetzt holen wir es uns, Tolek. Und dann nichts wie weg hier."

„Moment, Bernhard, verpack unsere beiden Freunde erst. Und mach es besser als beim letzten Mal. Die Kleine hat deinen letzten Knoten schließlich aufgekriegt, sonst wäre sie nicht hier."

„Ose, könnte ich noch um etwas bitten? Die Kiste aus dem Museum. Habt ihr die noch?", fragte Momme.

„Ja, schon", gab Ose zurück.

„Könnte ich sie mal sehen? Oder vielleicht als – sagen wir – Tausch bekommen? Es würde mir etwas bedeuten." Momme sah seiner Schwester direkt ins Gesicht. Er schnaufte immer noch, Schweiß stand auf seiner Stirn.

Ose guckte zu Bernhard, dann zu Tolek. Einen Moment lang war Stille. Dann brummte Tolek zustimmend und zeigte auf Bernhard. „Los, hol die Kiste aus dem Auto. Wir sind ja keine Unmenschen. Und so können wir deinem Bruder gleich noch den Diebstahl anhängen. Und die Sache mit dem Gold auch, wenn sie rauskommt. Wäre doch ganz gut."

Bernhard lachte wieder, diesmal fiel Tolek dröhnend ein. Nele zog an ihren Fesseln. Sie waren viel fester als vorhin. Hoffentlich kamen die anderen bald. Und hoffentlich hatten sie eine Idee, wie sie Momme und ihr helfen konnten.

Die Haustür schlug. Jan und Rocco sahen sich ratlos an. Dann spähte Jan um die Ecke. Es war nur Bernhard, der die Kiste aus dem Auto geholt hatte. Was hatte er vor?

Rocco deutete auf sich, dann nach rechts. Das hieß: „Ich gehe zum Arbeitszimmer." Jan verstand. Er zeigte auf sich selbst und auf den Boden: „Ich bleibe hier."

Rocco überlegte. Was könnte jetzt helfen? Und wo war das Arbeitszimmer?

Er kroch um die Ecke und besah sich die Fenster. Sie waren alle verschlossen.

Er musste rein. Aber wie?

Klar, dachte er. Durch den Keller.

Neben der Haustür auf der anderen Seite war der Abgang.

Der Westwind prüfte die Dächer und Baumkronen. Rocco ging geduckt, aber schnell. Jetzt musste er nur noch ein bisschen Glück haben.

Die Kellertür war nicht verschlossen!

Er trat hinein. Es roch muffig und feucht. Seine Augen gewöhnten sich schnell an die Dunkelheit, ein wenig Licht kam durch ein schmales Fenster über einem Schuhregal.

Auch oben war die Tür nur angelehnt, ein Lichtstreifen fiel auf die Stufen.

„Was ist das hier? Noch eine Kiste?“ Rocco vernahm Toleks donnernde Stimme. „Die sieht ja aus wie die andere.“

Schritte erklangen.

„Nur ein bisschen kleiner. Vielleicht hat sie ursprünglich in der anderen dringesteckt? Habe ich recht, Momme?“ Rocco hörte, wie Ose Richtung Wohnzimmer rief.

„Der kann nicht mehr antworten. Ich habe ihm das Maul gestopft, deinem lästigen Bruder.“ Jetzt erkannte Rocco auch Bernhards Stimme. „Und wie kriegen wir jetzt die verdammte Kiste auf?“

„Komm mit in die Küche, da müsste das Werkzeug sein“, erwiderte Ose.

Ose und Bernhard verließen das Arbeitszimmer. Rocco sah ihre Schatten hinter der Tür.

Tolek war jetzt allein.

Was sollte er nur tun, damit Jan Nele und Momme befreien konnte? Rocco blickte noch einmal auf den Flur.

Und beim Anblick der Arbeitszimmertür fiel ihm etwas auf.

Ja, das könnte klappen: So konnte er zumindest Tolek schon mal ausschalten!

Rocco hatte eine Idee, wie er Tolek festsetzen würde. Findest du etwas, das ihm dabei helfen könnte?

MOMME'S
IMBISS
BONNICHSEN
BONNICHSEN

KAPITEL 19

Blaulicht und Sirenen

Rocco hatte den Schlüssel zum Arbeitszimmer hinter dem Gitarrenkoffer gesehen!

Rocco huschte über den Flur. Jetzt musste er schnell sein. Er schloss leise die Tür des Arbeitszimmers und drehte den Schlüssel um.

„He! Was soll das? Bernhard, Ose? Habt ihr den Verstand verloren?“, rief Tolek hinter der Tür.

Rocco zog den Schlüssel ab und steckte ihn ein. Schnell zurück in den Keller!, dachte er zufrieden und lief durch die Tür.

Rocco sah sich um. Konserven standen auf einem schmalen Regal neben der Treppe. Champignons. Und Ananas aus der Dose. Igitt! Rocco linste noch einmal vorsichtig in den Flur. Das Rufen und Poltern wurde lauter. Gleich würden Ose und Bernhard es bemerken.

Rocco nahm eine der Dosen – Mirabellen im eigenen Saft – aus dem Regal, dann schob er die Kellertür noch ein Stück weiter auf. Er legte die Dose auf die oberste Stufe, aber auf die Seite, sodass sie wie eine Rolle aussah. Und weitere Dosen auf die Stufen darunter.

Er holte tief Luft, dann ging es los.

Rocco schob die Kellertür mit einem Ruck auf. Dann warf er mit aller Kraft eine Ananasdose gegen die Küchentür. Das Glas in der Mitte der Tür zerbrach.

„Was war das denn? Los, sieh nach!"

Rocco warf noch eine Dose.

Bernhard und Ose guckten heraus. Rocco machte eine Bewegung mit dem Arm. Sie bemerkten ihn und stürmten sofort hinter ihm her.

Rocco trippelte so schnell er konnte die Treppe hinunter, an den Dosen vorbei. Schon hörte er die beiden hinter sich. Rocco schwang sich am Geländer um die Ecke. Nur raus hier!, dachte er. Hoffentlich hatte Jan die anderen befreien können!

Plötzlich ertönte ein lauter Schrei. Und noch einer.

Bernhard und Ose waren auf den Dosen ausgerutscht, sie purzelten die Treppe hinunter.

Rocco rannte durch die Kellertür, dann die Treppe in den Garten hinauf und außen herum zum Wohnzimmer.

Rocco bog um die Ecke und rannte in Momme hinein. Der erschrak. „Rocco!"

„Wo ist Jan?"

„Drinnen!“ Nele zeigte ins Haus. Sie und Momme waren nicht mehr gefesselt. Nele hatte ihr Handy am Ohr. „Er ist beim Arbeitszimmer. Und die Polizei ist gleich da, sagt Hanna!“

Rocco rannte durch die offene Terrassentür nach drinnen.

Aus dem Keller hörte er immer noch Rufe, sie klangen ziemlich hilflos.

Jan stand vor dem Arbeitszimmer, aber er sah beunruhigt aus. Er machte Rocco ein Zeichen, dass er das Fenster bewachen sollte. Rocco flitzte zurück nach draußen.

„Momme! Hast du hier irgendwas …?“ Rocco sah sich um. Der Strandkorb. Genau richtig!

„Anfassen, schnell!“ Rocco winkte Nele und Momme zu sich. „Vor das Fenster. Sonst haut er ab!“ Und tatsächlich, Rocco sah Toleks Gesicht hinter der Scheibe. „Schnell!“

Sie schafften es gerade rechtzeitig. Der Strandkorb war zwar schwer gewesen, aber in Nele und Rocco waren unsagbare Kräfte frei geworden. Momme hatte diese womöglich immer.

Das Glas des Fensters splitterte. Jan rannte hinaus. Tolek versuchte, sich durch den Fensterrahmen zu zwängen. Aber es war zu spät. Er war gefangen.

Nele, Jan und Rocco sahen sich an, alle noch ganz außer Atem.

Sie hatten es geschafft.

Wenig später blinkte blaues Licht vor der Tür. Gleich mehrfach, denn nicht nur die Polizei, sondern auch mehrere Rettungswagen waren gekommen. Sogar aus dem Nachbarort und mit Sirene.

Ose hatte sich den Knöchel verstaucht, wie es aussah. Auch Bernhard humpelte ächzend vor das Haus. Der Sturz war für beide glimpflich ausgegangen.

Tolek hatte sich bei seinem Fluchtversuch durch das Fenster an der Hand und am Arm geschnitten.

Hanna, Roccos Vater und auch Opa Hannes waren inzwischen dazugekommen.

Zwei Polizisten betraten das Wohnzimmer. Kramer und Kalmar hießen sie und waren beinahe gleich groß. Beide waren in Breeksiel beliebt. Zuvor hatten sie schnell den Namen und das Bild von Tolek überprüft, das Hanna ihnen geschickt hatte. Und es war klar: Mit Tolek war nicht zu spaßen! Sie waren von der Wache sofort losgefahren.

Der größere, Kalmar, lupfte die Mütze. Kramer, ein bisschen kräftiger, setzte seine Kopfbedeckung ab. „Na, dann mal los. Wir hören."

Auch Jans Vater und seine Oma standen kurz darauf in Mommes Wohnzimmer und schüttelten durchweg die Köpfe, als Momme und die Kinder von ihrem Abenteuer erzählten. Außerdem hatte Jans Vater noch Professor Arnkiel vom Heimatmuseum Borksand mitgebracht. Er nahm wohl doch das späte Schiff.

„Jungs, das hätte echt ins Auge gehen können." Hark Godbersen hob den Zeigefinger, ließ ihn aber gleich wieder sinken. Vielleicht ahnte er, dass es dafür zu spät war.

Momme hatte ein paar Flaschen Apfelsaft und Mineralwasser und für die Erwachsenen Kaffee ins Wohnzimmer geholt. Auch Kramer und Kalmar schenkten sich je eine Tasse voll.

„Und was ist jetzt eigentlich mit dem Schatz? Dem Gold der Friesen?" Jan goss Hanna, Nele, Rocco und sich ein Glas Apfelschorle ein und trank einen großen Schluck.

Momme grinste breit, dann hob er die Hände. „Wartet kurz", sollte das heißen. Die ganze Gesellschaft hielt inne.

Wenig später war er wieder da. Er hatte die beiden Kisten dabei. „Ich musste erst die Polizei überzeugen, dass ich sie kurz haben darf." Er lächelte ein bisschen verlegen Kramer und Kalmar an. Letzterer rückte seine Mütze ein bisschen fester.

Dann stellte Momme die beiden Kisten auf den Tisch. Die eine, beschlagen und etwas kleiner, passte genau in die größere.

„Hier haben wir es in der Tat mit den beiden Zahlmeisterkisten des Edlef Bordelius Bohn von der Tilde zu tun. Man sieht es genau an diesem Symbol, das sowohl an der einen als auch an der anderen Kiste zu finden ist", sagte Momme.

Direktor Arnkiel vom Heimatmuseum nickte so heftig, dass die meisten kurz zu ihm sahen.

„Nun aber wird es komplizierter. Denn die kleinere Kiste passt zwar genau in die große. Sie wurde aber ja offensichtlich nicht darin aufbewahrt, sondern in der Michaeli-Truhe der Sakristei. Diese wiederum kann man nur öffnen, wenn man die Zeichen in der ersten, größeren Kiste aus dem Spülsaum versteht. Und mein Vater ... also, Oses und mein Vater hatte das kapiert. Er hatte die Zeichen im Deckel entschlüsselt und als Koordinaten identifiziert."

Rocco räusperte sich. „Momme, das Gold! Wo ist das Gold der Friesen?"

Momme hob entschuldigend die Schultern. „Ja, das viele Gequatsche hab ich auch von meinem Vater. Aber darum weiß ich das auch alles, weil er es mir und Ose immer wieder erzählt hat. Das Gold ist in der kleinen Kiste!"

Ein Raunen zog durch das Wohnzimmer des kleinen Hauses. „Einfach so?" Rolf Asmussen lachte auf. Kramer und Kalmar sahen sich an. Jans Großmutter schlug Opa Hannes aufs Knie. Der brummte: „Donnerschlag!"

„So einfach ist das. Aber um die kleine Kiste aufzukriegen ..." Momme nahm sie hoch und reichte sie Professor Arnkiel. Der trat einen Schritt vor, um das Gewicht der Kiste zu prüfen.

„Dazu muss man noch einmal die größere Kiste aus dem Spülsaum bemühen?“, fragte Professor Arnkiel.

„Warum das denn?“, wollte Jan wissen.

Momme grinste noch einmal in die Runde. Er genoss seinen Auftritt. „Jan, könntest du netterweise den kleinen Spiegel aus dem Flur holen?“

Nach wenigen Augenblicken war Jan wieder da. Momme hatte inzwischen den Deckel der größeren Kiste aufgeklappt.

„Seht ihr diese kleinen Fragmente hier? Der Trick ist, ihre Bedeutung herauszufinden!“ Momme sah triumphierend in die Runde. Noch hatten nicht alle verstanden. „Ich habe es auch erst vor einigen Wochen herausbekommen. Mein Vater hatte ein altes, ziemlich schlechtes Foto von den Zeichen im offenen Deckel. Jetzt ist natürlich alles viel klarer!“ Momme wies auf den Spiegel.

„Ich verstehe das immer noch nicht.“ Jans Vater beugte sich vor und setzte seine Lesebrille auf.

„Wir hatten die Fragmente gar nicht bemerkt, so verblasst sind sie!“ Nele griff nach dem Spiegel und strahlte in die Runde. „Aber wenn man sie erst mal gefunden hat, ist es doch ganz einfach!“

Was hat Nele im Deckel der Kiste entschlüsselt?

gestohlen?

KAPITEL 20

Goldene Walfische

„Das sind Zahlen! Wenn man die Zeichen durch den Spiegel ansieht, verdoppeln sie sich! Der Code lautet also 138“, erklärte Nele.

„Mensch, Nele, du wärst genau richtig bei der Polizei!“ Kalmar klatschte ein paarmal in die Hände.

„Oder bei der Küstencrew!“ Jan erhob sich und sah Rocco an, der zustimmend nickte.

„Klar.“ Nele strahlte.

„Das wäre nichts für mich“, stellte Hanna fest. „Viel zu viel gefährliche Typen! Das macht ihr drei mal schön allein.“

Nele nickte verständnisvoll. „Trotzdem hätten wir es ohne deine Hilfe nicht geschafft.“

„Genau, danke Hanna! Los, und nun öffnen wir die Kiste!“ Rocco schob sie zu Momme hinüber.

Jan hielt weiter den Spiegel fest.

Und dann drehte Momme an den altmodischen Zeigern. Immer wieder sah er hoch, korrigierte, stellte noch eine Ziffer weiter.

„So, meine Damen und Herren. Dann wollen wir mal."

Alle hielten den Atem an.

Momme zog vorsichtig den Deckel nach oben. Er knarrte.

„Oha!"

„Da hol mich doch der Klabautermann!"

„Gold! Oder was ist das?"

„Was sind das? Kleine Walfische?"

Jan sprach aus, was allen durch den Kopf ging. „Die ganze Kiste ist voll damit!"

Momme kramte mit seiner großen Hand in der Kiste, es klimperte. Er holte mal einen, mal mehrere kleine Walfische heraus. Sie hatten gebogene Schwanzflossen. Einige waren dunkel angelaufen oder hatten einen grünen Schimmer in den Kerben und Ritzen. Aber sie alle schimmerten golden.

„Donnerlittchen!" Opa Hannes schob den Museumsdirektor beiseite und ließ sich stöhnend in den Sessel fallen. „Das Gold der Walfänger! Das gibt es wirklich! Und ich habe immer gedacht, das wäre nur eine Geschichte, die ich mir ausgedacht hatte!" Und dann lachte Roccos Großvater dröhnend und hielt sich den Bauch. Bald fiel auch Rolf ein. Und schließlich wieherte, gackerte, prustete und lachte die ganze Runde wie noch nie.

„Und wer kriegt das Gold nun?“ Nele blickte sich um. „Wir vielleicht, als Belohnung?“

„Na ja, wohl eher das Borksander Heimatmuseum.“ Professor Arnkiel lächelte die Polizisten Kramer und Kalmar an. Die aber blieben ungerührt, Kalmar notierte nur den Vorgang.

„Das ist ja besser als Kino.“ Kramer setzte seine Mütze wieder auf. „Dieser Schatz wird jetzt erst einmal sichergestellt. Und dann sehen wir weiter.“

„Kann ich denn wenigstens meine Kiste wieder mitnehmen? Ich hatte sie als gestohlen gemeldet. Und jetzt ist sie als Ausstellungsstück natürlich um einiges wertvoller geworden.“ Der Museumsdirektor rückte sich die Brille auf der Nase zurecht.

Aber erneut bremsten Kramer und Kalmar ihn aus, Letzterer sogar mit erhobener Hand. „Das wird sich alles finden. Und nun bitte ich alle Anwesenden um ihre Namen und Telefonnummern. Damit die Kollegen noch mit Ihnen reden können.“

„Ist reine Routine“, sagte Jan und hob den Finger.

„Ist reine Formsache“, ergänzte Rocco.

„Ist ein klarer Fall!“ Nele stellte sich neben die Jungs und grinste zufrieden.

„Ist auf jeden Fall Polizeiarbeit. Ihr … ihr seid …“

„Die Küstencrew!“ Nele, Rocco und Jan sagten es wie aus einem Munde und klatschten sich ab.

„Kramer, ich glaube, wir von der Polizei haben Konkurrenz bekommen“, lachte Kalmar.

„Aber mal im Ernst: Gibt es eigentlich Finderlohn?“, fragte Jan.

Es gab tatsächlich eine Belohnung für Nele, Jan und Rocco. Jeder von ihnen bekam 300 Euro.

Die drei verabredeten sich einige Tage später zu einem gemeinsamen Essen. Auch Hanna war eingeladen, als Gast.

Deichpizza. Heiß geliefert von uns. Am Mittwochabend, nachdem das Spätschiff abgefahren ist, schrieb Rocco mit seinem Handy in die Runde.

Zuvor hatte die Zeitung viele Tage lang über den Fall berichtet. Erst ganz vorne auf der Titelseite, inzwischen nur noch weiter hinten. Auch online waren Bilder vom „Gold der Friesen“, dem „reichen Edde“, dem „Seefahrerschatz“ oder der „Walfänger-Legende, die wahr wurde“ durch die Decke gegangen. Niemand ließ sich die Story entgehen.

Das Gold selbst war untersucht worden. Es stellte sich jedoch bald heraus, dass die Wale nicht aus reinem Gold bestanden. Wertvoll waren sie trotzdem, denn die kleinen Walfische waren ja alt und historisch etwas Besonderes.

Opa Hannes hatte bei einem Lieferanten Messingbeschläge entdeckt, die er mit ein bisschen Schmiedearbeit und Spezialwissen in zumindest ähnliche Formen verwandeln konnte wie die goldenen Walfische aus der Schatzkiste.

Er fertigte sie exklusiv für ANTIKES BEI BOYSEN – MARITIME SOUVENIRS an. Die erste Fuhre war sofort verkauft gewesen. Die zweite auch, die dritte bis achte ebenfalls nach einer Samstagsanzeige in der Lokalzeitung. Jans Großmutter hatte Opa Hannes eine Flasche Wein geschickt, als Dankeschön für seine Mühe. Die beiliegende Karte war eigentlich ein Stück Holz gewesen, auf das sie „Auf ein Gläschen?“ geschrieben hatte. Rocco hatte es gelesen und die beiden ein paar Tage später abends gemeinsam über den Deich spazieren sehen.

Jans Vater hatte eine zehnteilige Artikel-Serie für die Zeitung und verschiedene Online-Medien verfasst.

Morgen würden Rocco und Jan die Deichpizza für sich und die Mädchen backen. Rolf hatte vor einiger Zeit einen Pizzastein in den Ofen eingebaut. „Pizza ist ja wohl ein Grundnahrungsmittel“, waren sie sich einig.

Roccos Vater war heute Abend wieder im POTTWAL. Opa Hannes hatte Sitzung beim Heimatverein.

Und Rocco freute sich darauf, vorher noch ein bisschen draußen herumzustromern. Er warf sich sein zu großes Sakko über und prüfte, ob er alles dabeihatte. Handy. Schokolade. Limonadendose.

Auch der neue Brief von Cathérine, seiner Mutter, befand sich darin. Er konnte ihn längst auswendig. Sie schrieb, dass sie ihn gern einmal wiedersehen wolle.

Sein Vater hatte schon gesagt, dass es für ihn okay sei.

Und Rocco selbst?

Das wusste er gar nicht so genau. *Mein Rocco, mein Stern ...* Die Worte seiner Mutter schwirrten in seinem Kopf herum.

Die Sonne stand noch über dem Deich. Der Abend war schön, fand Rocco. Er lachte auf, pflückte sich einen Halm und steckte ihn zwischen die Lippen.

„Noch mal unterwegs, der junge Mann?" Nachbar Pötensen stand wieder einmal am korrekt gestutzten Buchsbaum und lächelte rätselhaft.

„Klar. Wer weiß, was uns da draußen noch so erwartet."

Rocco sprang mit Schwung über die geschlossene Gartenpforte und machte sich auf den Weg zu seinen Freunden, der Küstencrew.

„Los geht's!"

Hinweis 19:

Nele benutzt einen kleinen Spiegel, um das Rätsel zu lösen. Sie legt ihn oben auf die Striche und stellt fest, dass im Spiegel plötzlich Zahlen auftauchen … Findest du den gesuchten Code heraus?

Hinweis 18:

Die Tür zum Arbeitszimmer ist offen – wäre es nicht sicherer, wenn Tolek eingesperrt wäre? Findest du im Flur etwas, womit man die Tür abschließen könnte?

Hinweis 17:

Lies dir noch einmal durch, was Momme zu Nele gesagt hat. Er betont einige der Silben wirklich komisch! Außerdem haucht er die Wörter heraus … da beschlägt sogar das Glas in der Tür!

Hinweis 16:

Was haben die drei Gauner zuvor gefunden? Meinst du, sie haben es mitgenommen oder liegen lassen? Was steht da laut Ose drauf?

Hinweis 15:

Draußen scheint die Sonne und wirft ihre Strahlen durchs Fenster. Ist das Spiel aus Licht und Schatten nicht wunderbar anzusehen?

Hinweis 14:

Erkennst du in der Werkstatt helle Stellen, an der vor dem Einbruch wertvolle Gegenstände gestanden hatten? Opa Hannes hat sie danach lieber versteckt. Wem würde so etwas nur auffallen?

Hinweis 13:

Tolek scheint ja bis an die Zähne bewaffnet zu sein – oder bis an den Gürtel?

Hinweis 12:

Professor Arnkiel trägt eine interessante Tasche bei sich. Er sammelt wohl leidenschaftlich gerne Aufkleber – sie könnten einen genauen Blick wert sein!

Hinweis 11:

Bevor Tolek behauptete, dass Ose eine schlechte Taschendiebin wäre, sollte er lieber auf seine eigenen Taschen aufpassen!

Hinweis 10:

Momme hat ein Fotoalbum mitgebracht. Darauf ein Kinderfoto aus alten Tagen … Wer glaubst du, sind die Kids mit den schicken Weihnachtspullis?

Hinweis 9:

Betrachte das Blatt Papier genauer. Lass dich nicht von den unterschiedlichen Codes auf die falsche Fährte locken. Erinnern dich die Schnörkel auf dem Papier an etwas?

Hinweis 8:

Jan konnte nur hervorkommen, wenn der gefährliche Mann nicht mehr da war. Wo stand er vorher überhaupt? Vielleicht lohnt sich ein Blick auf diesen Bereich!

Hinweis 7:

Pfui, Schafsmist! Der große Mann blickte angewidert auf seinen Schuh. Dabei rutschte sein Hosenbein leicht nach oben …

Hinweis 6:

Jan stand vor einem SPIEGEL …
das ist dein Stichwort!

Hinweis 5:

Lies dir noch einmal durch, was der schmale Mann in Ilkas Laden gesagt hat. Er hat eine bestimmte Frage wiederholt. Wenn du ihn dir genauer ansiehst und dich im Laden umschaust – warum ist die Frage überflüssig?

Hinweis 4:

Letzte Nacht hat es geregnet und es war schlammig. Der schöne Fußboden ist völlig verschmutzt! Wie viele unterschiedliche Personen da wohl in der Werkstatt waren?

Hinweis 3:

Fällt dir vor der Imbissbude etwas auf? Hast du dir schon die Kopfbedeckung der Passanten näher angesehen? Hängt die Fahne immer so? Isst hier jemand Eis? Das Jackett des Mannes flattert ziemlich im Wind … Und was tat die Frau neben ihm? Die beiden wirkten sehr verdächtig!

Hinweis 2:

Auf der Kiste sind Schnitzereien zu sehen. Erinnern sie dich an etwas? Findest du in der Werkstatt einen Gegenstand, der so ähnlich aussieht?

Hinweis 1:

Sieh dir das Klassenzimmer genauer an. Was hat Herr Gunnarson zuvor getan? Im Unterricht sprachen sie gerade über die Entdeckung Amerikas. Weißt du eigentlich, wer es entdeckt hat?